白衣の天使 深夜のナースコール

◆◆◆

八神淳一

Junichi Yagami

紅文庫

目次

装幀　遠藤智子

白衣の天使　深夜のナースコール

第一章　はじめての経験

1

達川雅人《たつかわまさと》の目の前には、新人社員のふくらはぎがある。残念ながらナマではなく、ストッキングごしだ。雅人はナマ足派だ。

「ああ、届かない」

新人社員が伸びをする。つられて、雅人は顔を上げる。するとスカートの裾《すそ》がたくしあがり、太腿《ふともも》の半ばまで拝める状態になっていた。これはまずいんじゃないか、と雅人は顔を下げる。すると、ふくらはぎを真正面から見つめることになる。

雅人は中堅菓子メーカーの社員である。商品企画室に所属していて、ふくらはぎの主は企画室の新人だ。小島渚《こじまなぎさ》という。ストレートの黒髪が似合う、清楚《せいそ》系美人である。

本社の二階から三階へと昇る階段の踊り場の壁が、資料を置く棚になっていて、今、渚は踏台に上がって、棚から資料を取り出そうとしていた。

雅人はその踏台の脚を支えていた。

棚から資料を取り出す仕事は、小柄な渚には向いていなかったが、やはりこういうことは新人がやる仕事である。

「ああ、届きませんっ」

雅人の目の前で、ストッキングに包まれた踵《かかと》がぐっと上がっていく。パンプスは踏台の横にある。

「無理するなよっ」

と言って、また見あげる。

おうっ、と思わず声をあげそうになる。スカートの裾はさらにたくしあがり、太腿の付根近くまでのぞいていた。

パンティが、小島渚のパンティが見えるかも、と思わず、雅人はガン見してしまう。

雅人はひと月前、三十の大台に乗ってしまった。三十を意識するのは、女性だろうが、男だって意識する。それは、雅人が童貞だからだ。
女性が三十までには結婚したい、とあせるのと同じように、雅人も三十まで
には童貞を卒業しておきたい、という希望があった。
が、ひと月前に、その希望はあっさりと果たせずに終わった。
ただ、三十の大台に乗ってしまうと、次は四十までに童貞を卒業すればいい
かと、十年の余裕ができていた。
「もう少しで、取れそうなんですっ」
さらに踵が上がっていく。さらにスカートの裾がたくしあがっていく。
えっ、もしかして、見えるっ。見えちゃうっ。渚のパンティが、M製菓一の、
美人社員のパンティがっ。
雅人は生唾を飲みこみ、渚の太腿の付根を凝視した。
その瞬間、あっ、と渚が声をあげ、踏台が倒れた。と同時に、渚がこちらに
倒れこんできた。
「あっ」
雅人は渚を受け止めた。が、支えきれず、そのまま階段を落ちていった。

背中に衝撃を受けつつも、渚の身体はしっかりと抱きしめていた。

やわらかいな、と思ったとき、後頭部に衝撃を覚え、意識を失った。

2

かすかに甘い匂いがした。女性の体臭のようだ。渚の匂いか。

雅人は目を開いた。すると、見知らぬ女性が、雅人の顔をのぞきこんでいた。

渚ではなかったが、渚に負けない美人だった。大きな目で雅人を見つめている。とても顔が近い。見つめられているだけで、ドキドキする。それどころか、ひと目で好きになっていた。

その美人が笑顔を見せた。そして驚くことに、額をタオルで拭《ふ》きはじめたのだ。

えっ、なにっ。

女性は白衣姿だった。白のキャップをかぶっている。

ナースだ。どこからどう見てもナースだ。

そうか。渚が足を踏みはずし、俺のほうに倒れてきたんだ。俺は渚の身体を抱き止め、そのまま階段を落下していったのだ。

身体を動かそうとして、なにも動かないことに気づいた。

えっ、どういうことだ。

両手両足に痛みが走った。

「痛いっ」

思わず口にして、顔を歪《ゆが》める。すると、

「痛みますか」

と、美人ナースが聞いてくる。胸もとの名札を見ると、白石《しらいし》とある。

白石……いい苗字《みようじ》だ。名前を知りたい。

「あの、僕……」

「玲子《れいこ》先生を呼んできますね」

と、白石ナースが言って、離れていった。

玲子先生……名前で呼ぶんだ。

雅人はまわりを見まわした。両手両足は動かないが、首は動かせたからだ。

どうやら、個室のようだ。差額ベット代、大丈夫かっ、とすぐさま懐具合に頭が向かう。

待つほどなく、ドアが開き、白衣姿の女性が入ってきた。玲子先生だ。

ひと目でわかる。なにより、颯爽《さっそう》としていた。

「整形外科の高村《たかむら》といいます」

よろしくね、と言う。よろしくお願いします、と首を動かす。

玲子先生も美形だった。ショートカットが似合う、凜々《りり》しい美人だ。まさに、女医という感じだ。

「両手両足を骨折しています」

「そ、そうですか……」

「今、ギプスで固定しています。安心してください。一週間ほどで、ギプスは取れますから」

「動きますか」

「はい。両手両足とも単純な骨折なので大丈夫です。一週間ほど両手両足は動かせませんが、看護師が手足となりますから、心配いりません」

「ありがとうございます」

玲子先生は聴診器を首にかけていた。それを手にすると、脇に控えていた白石ナースが雅人の入院着のボタンをはずしはじめた。

そこで、はじめて入院着に着がえていることに気づいた。

「あの、これは……」

「杏樹《あんじゅ》さんと里穂《りほ》さんがやりました」

玲子先生が答える。

「ありがとうございます」

雅人は白石ナースに礼を言う。白石ナースは軽くうなずきつつ、ボタンをはずす。前がはだけた。入院着の下はなにも着ていなかった。下半身はどうなのか、と気になったが、その前に、玲子先生が聴診器をいきなり乳首に当ててきて、それどころではなくなった。

ひんやりとした感覚と刺激に、あっ、と思わず声をあげてしまった。

聴診器って乳首に当てるものなのか。違うだろう。

玲子先生は聴診器を右の乳首から上げると、今度は左の乳首に当ててきた。

そして、少し動かした。思わぬ刺激にまたも、

「あっ……」

と、声をあげてしまう。すると玲子先生が、ふふ、と唇をゆるめたのだ。

いったいなんだ。

玲子は聴診器を引くと、お大事に、と言って、引きあげていった。

残った白石ナースが、

「身体、拭きますね」

と言った。

身体を拭くっ。この美人が俺の身体を拭いてくれるというのかっ。まあ、両手両足をギプスで固定されているから、誰かが拭いてくれないといけないが。

それをこの美人がやってくれるのかっ。

「お、おねがい、します……」

声が上ずっている。

白石ナースが濡れタオルを手にし、首もとに当ててくる。ちょっとひんやりした。

「あの、お名前は、杏樹さんですか。それとも里穂さんですか」

雅人は白石ナースに聞いた。

「あっ……里穂です。病院で、なんか、ナースを名前で呼ぶって変でしょう」

「そ、そうですね。先生も名前で呼んでいましたよね」

「うちは総合病院で、内科と皮膚科にも高村という姓の先生がいるんです。だから、玲子先生だけ、玲子って呼ばれているんです。その関係で、整形外科のナースはみんな、下の名前で呼び合うようになっているんです」

そう言いながら、鎖骨から胸板を拭《ぬぐ》ってくる。乳首がこすれ、声をあげそうになる。聴診器のときと違い、予想できたので、どうにか声は出さずに済んだ。

「そ、そうなんですね……」

里穂の持つ濡れタオルが左の胸板に移動する。不意をついた聴診器の刺激で、左の乳首が特に勃《た》っていた。そこを、里穂が濡れタオルでなぞってくる。いや、拭いてくる。

「う、うう……」

気持ちよくて、思わず声をあげそうになり、どうにかこらえる。

里穂はしつこく左の胸板を拭きつづける。

この病院の女医とナースは乳首責めが好きなのかっ。

思えば、乳首に他人からの刺激を受けるのは生まれてはじめてだ。なにせ、キスすら経験がない、ばりばりの真性童貞だからだ。

濡れタオルがまた、右の胸板に戻った。さっきより強めに拭かれて、思わず声をあげそうになる。

里穂が左の乳首を見ている。恥ずかしいくらい勃っていた。

まさか入院先ではじめての乳首責め体験をするとは思いもよらなかった。

胸板から濡れタオルが下がる。ホッとした反面、もっと刺激が欲しかった。が、すぐにあらたな刺激が生まれる。

濡れタオルでお腹を拭くと、里穂が入院着のズボンに手をかけてきたのだ。

「えっ……あっ」

脱がせるんですかと、思わず美形ナースを見てしまう。

「ちょっと腰、浮かせられますか」

里穂が聞いてくる。ズボンを脱がせる体勢であっても、別に表情は変わっていない。ナースにとって、入院患者の身体を拭くなんて日常茶飯事のことなのだろうが、拭かれるほうは初体験なのだ。

しかも、雅人は初体験中の初体験となる。ナースどころか、女性に拭いてもらうこと自体はじめなのだ。

雅人が腰を少しだけ浮かせると、里穂がズボンを引き下げた。すると、ブリーフがあらわれた。ブリーフは雅人がそもそも穿《は》いていたものだった。

そうだ。着がえがいるな。どうしよう。

里穂が濡れタオルを太腿の付根に当ててきた。ぞくぞくっとした刺激を覚え、思わず、あっ、と声をあげる。

すると、里穂が雅人を見た。美しい黒目で見つめられ、緊張してしまう。

これがベテランのナースだったら、刺激は感じないのだろうが、なにせ美形なのだ。はじめは美人ナースでラッキーと思ったが、ラッキーじゃないかもしれない。いや、やっぱりラッキーか。

そんなことを考えている間に、足を丁寧に拭かれていく。

足の裏もそろりと拭かれ、くすぐった気持ちいい感じに、腰をくねらせてしまう。

3

「ペニスはどうしますか」

里穂の口から、思わぬ言葉が出てきた。

「えっ……」

「ペニス、拭きますか。どうしますか」

「えっ、い、いや、その……拭いてもらえるんですか」

「もちろん、オプションです」

里穂が真顔でそう言う。

「えっ、保険外ってことですかっ」

すっ頓狂《とんきょう》な声をあげてしまう。すると、

「冗談ですよ」

真顔のままそう言い、里穂がブリーフに手をかけてきた。

「えっ、脱がせるんですかっ」

「脱がせないと、ペニスは拭けませんよ」

「いや、しかし……」

「どうせ小水のとき、ペニスは見せることになりますよ」

「えっ、小水っ……」

そうか。両手両足を動かせない状態であるなら、とうぜんトイレには行けない。自分で尿瓶《しびん》に注ぐこともできない。誰かに手伝ってもらわないと、小便できないのだ。

誰かって、えっ、この美形が……俺の小便の手伝いを……。

「脱がせますよ」

「えっ、待ってくださいっ」

思わず叫ぶ。情けないが、なにせ真性童貞なのだ。女性にペニスをさらすなんて勇気がいる。

「達川さん、もしかして、どう……」

「えっ」

「いえ、なんでもありません」

今、童貞か、と聞こうとしていなかったか。

里穂が手を引いた。ブリーフが下げられ、ペニスがあらわれた。

それは弾《はじ》けるように登場した。見事に勃起させていた。

それを見て、

「あら」

と、里穂が言う。勃起させたペニスを見せられ、恥じらっている様子はなかった。職業がら、男のペニスなんて見慣れているからだろう。

里穂はじっと見つめてくる。やはり、こんな状態で勃起させているのは変なのだろうか。

「どう……いえ……」

また、童貞と言いそうになったぞ。

里穂が濡れタオルでペニスを包んできた。やさしく上下に動かしてくる。ぞくぞくした快感に、またも腰をくねらせてしまう。

里穂は垂れ袋も丁寧に拭いてくれる。それだけではなく、蟻《あり》の門《と》渡《わた》りから肛門にかけても、濡れタオルで拭いてくれた。

肛門にタオルが触れたとき、新鮮な快感に、あっ、と声をあげてしまう。

「今日は正面だけにします。明日、ひっくり返して、肛門もきれいにしますから」

「えっ、そ、そうですか……」

雅人は勃起させたままだ。いつ勃起させたのか。乳首を拭かれたときではなかった。ナースの手で小水と聞いたとき、一気に勃起させたのだ。

我ながら、予想外のときに勃起させていた。

「今日は、これでおしまいですから、小水を出しておきましょうね」

と、子供に言うような口調になった。

今度は赤ちゃんプレイかっ。

「おねがいします」

と、赤ちゃんプレイをおねがいしてしまう。いや、違う。おしっこするだけだ。確かに今、しておかないとよろしくない。

里穂は黙ったまま、雅人のペニスを見つめている。

「あ、あの……」

「小さくさせてください、達川さん。このままでは、小水は出ませんよ。そもそも尿瓶に入りません」

と言うと、その場にしゃがみ、ベットの下から里穂が尿瓶を出した。

美人ナースに尿瓶。ナースとしてはごく普通の姿だろうが、ふだんナースに縁のない身としては、それはそれで興奮する絵だ。当然のこと、勃起が鎮まる気配がない。

むしろ尿瓶を持つ里穂を見て、さらに胴体を反り返していた。

「たくましいペニスですね」

と、里穂が言う。感嘆しているとか、そういうのではなく、淡々とした口調でそう言った。意見を述べた感じだ。

「そ、そうですか」

「言われませんか」

「えっ、誰にですか……」

思わず、童貞まる出しの発言をしてしまう。

「あっ、そうか……どう……」

そこでまた、里穂が口を閉ざす。そして、じっとペニスを見つめている。

どうやら、俺の勃起したペニスはたくましいみたいだ。なんせ何十本、いや何百本もペニスを見ているナースの言葉なのだ。ありがたみが湧《わ》く。

いや、みんなこんなに勃起させてはいないだろう。どうなんだろうか。

「小さくさせてください」

「あ、あの……」

なんですか、という目で里穂が見つめてくる。瞳が美しいだけに、見つめられるだけで、ドキリとする。これはいけない。勃起度が増すだけだ。

「ほかの患者さん、どうなんですか」

「どうって……」

「だから、ペニス、小さいままですか」

「人によります」

身も蓋《ふた》もない答えをよこす。

「そ、そうですか」

「まあ、達川さんのような方で、こんなに勃起させているのは珍しいかもしれません」

「僕のような方って……」

それには答えない。童貞のくせして、勃起させるのは珍しいということか。

「処置してもいいですか」

「しょ、処置……」

「はい。いいですか。ここだけに時間を取るわけにはいきませんから」

それはそうだ。個室にいるから頭がまわらなかったが、ほかにも入院患者はいるのだ。

「処置というのは……」

「小さくさせる処置です」

表情を変えずに、事務的に里穂がそう言う。

「それは、あの……」

もしかして……もしかして、この美人ナースが抜いてくれるというのかっ。

股間にあらたな劣情の血が集まり、ペニスがひくついた。それを見た里穂が、

「処置します」

と言うと、勃起しつづけているペニスに手を伸ばしてきた。

右手で胴体をつかみ、しごきはじめる。

「あっ、里穂さんっ……」

と思わず、名前で呼ぶ。

生まれてはじめて、自分以外の手が勃起したペニスに触れていた。触れているだけではなく、刺激を送っている。

気持ちいい。自分でしごく快感の比ではない。

すぐさま、鈴口から我慢汁が出てきた。我慢汁を見られるのは恥ずかしい。

「たまっていますか」

しごきつつ、里穂が聞いてくる。

「えっ、そ、そうですね……」

どれくらいの期間出さないと、たまっていると言うのだろうか。

三日……一週間……十日……。

どんどん我慢汁が出てきて、鎌首が瞬く間に白く汚れる。すると、そこで美人ナースが思わぬ行動に出た。

左手の手のひらで、我慢汁だらけの鎌首を包んできたのだ。そして、くりっくりっと手首をしならせるようにして、手のひら全体で鎌首をじかに刺激してきた。

「あっ、それっ、それいいっ」

思わず、風俗店の客のような声をあげてしまう。

里穂は表情を変えずに胴体をしごき、先端をくりくり責めてくる。

かといって、事務的に処理しているという感じはなかった。ペニスを見つめる里穂の瞳はしっとりと潤んできて、きりりと閉じられていた唇が、いつの間にか半開きになっていた。

もちろん、責めつつ、気持ちいいかしら、とAV女優のようには聞いてはこない。

「あ、ああっ、里穂さんっ」

またも、思わず名前を呼んでいた。思えば女性の名前を呼ぶこと自体、めったにないことだ。さすがに生まれてはじめてということはないと思うが、思春期になってからは記憶にない。

ああ、なんてことだ。エッチどころか、名前で呼んだことさえなかったなんてっ。

あらためて、自分の真性童貞具合を知り、雅人は落ちこむ。

が、それもほんの一瞬の感情だ。落ちこんでいる暇もないほど、雅人のペニスは快感に包まれていた。

これはいわゆる手コキというやつだ。フェラチオではない。でも、手コキでこんなに気持ちいいのなら、フェラされたら、いったいどうなるのだろうか。

フェラ。里穂さんがフェラ。

里穂の唇を見ると、里穂が舌を出して、ぺろりと唇を舐《な》めた。

その表情を見た瞬間、雅人は発射していた。

「あっ、うそっ」

ずっと表情を変えなかった里穂が、驚いた顔をした。驚きつつも、脈動する胴体をしごく手は止めずにいる。

「あっ、ああ、あああっ」

雅人は情けない声をあげつづけ、腰を震わせつづけた。止め処《ど》なく、たまりにたまったザーメンが、美人ナースの手のひらを汚していく。

里穂は手を引くことなく、受けつづけている。

ようやく、脈動が鎮まった。

里穂がしごく手を止めて、そばに置いてあった濡れタオルを手にした。そして、鎌首を包んでいる左手を引くなり、すぐさま濡れタオルで包んできた。

左手の五本の指から、ねっとりとザーメンが垂れる。

すると、里穂が驚く行動に出た。

自分の指に、しゃぶりついたのだ。それは、たった今、雅人が出したザーメンを舐めることを意味していた。

垂れ落ちそうになるザーメンを舌で掬《すく》い取り、そして親指をちゅううっと吸っていく。

「り、里穂さん……そんな……」

里穂はベッドを汚したくない一心でしゃぶりついているだけなのかもしれないが、あまりにエッチな眺めに、雅人は口を開けて、見つめている。

里穂は親指から、人さし指、中指からくすり指と、順番にザーメンを舐め取っていった。

「ああ、私としたことが……察知できないなんて……」

「えっ」

「出そうになるときって、わかるんです。だから、出る寸前で、手のひらから濡れタオルに代えるんです」

「そ、そうですか……」

「はじめてです……」

「えっ」

「患者さんのザーメン、浴びたのは……」

そう言うと、はじめて里穂が恥じらいの表情を見せた。

ザーメンを手のひらで受けて、怒っているのではないかと思ったが、違っていた。しかし、浴びたなんて言われると、顔面射精を想像し、股間があらたに疼《うず》き出す。

いや、里穂が指をしゃぶりはじめたときから、あらたな興奮を覚えていた。

「達川さん……女性、はじめてですか」

里穂が聞いてきた。

「えっ……いや……えっ……」

「あら、すごいっ」

濡れタオルを取った里穂が、目をまるくさせる。

大量のザーメンを放ったばかりなのがうそのように、見事に勃起していたのだ。

「元気ですね、達川さん」

「すみません……せっかく、出してくださったのに……」

「ほかの患者さん、見てきますから、それまでに小さくさせていてください」

そう言うと、里穂は雅人を裸にしたまま、個室から出ようとした。

「あのっ、すみませんっ」

背中に声をかけるも、里穂は、小さくさせていてください、と念を押すなり、出ていった。

「あっ……」

雅人は勃起したペニスを剝《む》き出しにさせたまま、ひとりとなった。

4

雅人は勃起したペニスを見つめている。両手両足を自分で動かすことができないため、ペニスを見ることくらいしかやることがないのだ。

小さくなれ、と念じるが、まったく小さくならない。

あまりに里穂のザーメン指しゃぶりが刺激的で、その映像が脳裏から消えずにいた。

生まれてはじめて自分以外の手で抜いたが、これはエッチではないから、童貞を卒業したことにはならない。

でも、一歩進んだ。まさか入院先で、男として一歩進む体験をすることになるとは。

里穂はなかなか戻ってこない。

雅人は勃起しつづけているペニスを見ている。

これはもしかして、放置プレイなのか。いや、里穂ではなく、もしかして、この俺が好きなのか。

里穂はそういうのが好きなのか。だって、全裸のまま放置されてけっこうな時間がすぎていたが、まったく勃起が衰えていないのだ。しかも、すでに一発出しているのにだ。

ふつう、この状況では萎《な》えるものではないのか。びんびんにさせているのは、この状況に興奮しているとしか思えない。雅人自身は興奮しているつもりはない。でも、ペニスは勃起したままだ。

ずっと女体とは縁がなかったから、自分の本当の性癖に気づいていないかもしれないと思った。

ドアが開いた。やっと戻ってきたか、とそれだけで、ペニスがひくつく。

が、姿を見せたのは、里穂ではなかった。

はじめて見るナースだった。いや、そもそも里穂しかナースは知らない。

「あら」

はじめて見るナースが、全裸で勃起させている雅人を見て、声をあげる。

まずい。こんなかっこうを初対面の女性に見られてしまうなんて。放置プレイのあとは、羞恥《しゅうち》プレイか。

ナースが近寄ってくる。熟女だった。妙に色っぽい。白衣に、ナースキャップをかぶっているが、なぜか、ナースのコスプレをしているような熟女に見えてしまう。

リアルナースなのに、コスプレに見えてしまうのだ。それが、なんともそそった。

「こういうの、好きなのかしら」

いきなり聞いてきた。

「い、いえ……好きではありません」

勃起させたペニスを隠したかったが、どうすることもできない。やはり、羞恥プレイだ。

「じゃあ、どうして勃たせているのかしら」

と聞きつつ、いきなりペニスをつかんできた。

「あっ……」

「すごく硬いわね」

熟女ナースの胸もとの名札を見る。小林《こばやし》、とある。このナースが杏樹だろうか。ペニスを見つめる目が、いやらしく絖《ぬめ》りはじめている。表情を変えなかった里穂とは、かなり違っていた。

「一度、出したと里穂から申し送りがあったけど」

と言いながら、強く握ってくる。

「はい、出しました」

「たくさん、出したそうね」

「すみません……つい……たまっていて……」

よけいなことを言ってしまう。

「おしっこしたいのよね」

と聞かれて、急に尿意を覚えた。

「はい。おねがいします」

両手両足を動かせない今、ナースにおねがいするしかない。

「じゃあ、小さくしないと」

と言いつつ、熟女ナースはぐいぐいとしごきはじめる。また、抜かせるつもりなのか。

「あ、ああ……」

気持ちよくて、つい声をあげてしまう。同じ手コキでも、里穂とはまた違っていた。

「童貞って聞いているけど、フェラの経験はあるのかしら」

ストレートに聞かれ、雅人は狼狽《うろた》える。

「えっ、聞いているって、誰からですか」

「里穂からよ。申し送りのとき、童貞ですから、と言われたの」

そんなことまで申し送りするのか。そもそも俺は、童貞とは里穂には言っていない。童貞、と里穂は何度か口にしそうにはなっていたが、じかに聞かれてはいない。

でも、すでに童貞と判断して、申し送りしているのだ。

「いや、僕はその……」

「童貞じゃないの？」

熟女ナースが寂しそうな表情を見せた。

えっ。童貞のほうがいいのか。ここは変な見栄を張らずに、正直に三十歳童貞と認め、熟女ナースに身を任せたほうがいいのではないのか。

「ど、童貞です」

入院先の個室で、会ったばかりの熟女ナース相手に告白してしまう。

「里穂の見たては正しかったのね。里穂も成長したわね」

と、うなずいている。

入院患者を童貞と見抜くことが、ナースの成長を意味するのか。わからない。

「それで、フェラの経験はあるのかしら」

「いいえ……真性童貞ですから」

「真性……童貞？」

「はい。キスも経験なしです。女性の手でしごいてもらったのも、里穂さんがはじめてです」

「あら、そうなのね」

またも、熟女ナースの目が光る。

「じゃあ、フェラで抜く？」

と、熟女ナースがなんでもないことのように聞いてくる。

「えっ、フェ、フェラって……あの、小林さんが……フェラしてくださるのですか」

「杏樹って呼んでいいわよ」

と、キャバ嬢のようなことを言う。コスプレナースに見えるから、一瞬、イメクラにいるのかと錯覚する。イメクラの放置プレイからの羞恥プレイ。

「あ、杏樹、さん……」

「それで、どうするかしら」

そう聞きながら、杏樹が色っぽい美貌《びぼう》をよせてくる。

「あ、あの……これは、あの……保険外診療ですか」

馬鹿なことをまじめに聞いてしまう。

「そうね。自由診療になるわね」

「高いんですか」

「童貞くんだから、保険内で収まるようにしてあげるわ」

そもそも、フェラで抜くことが保険適用されるわけがないのだが、どうやら無料でフェラしてくれるようだ。

なんてことだっ。ナースは献身的だと聞いていたが、まさにそうだった。

おしっこするためにペニスを小さくさせないといけないから、フェラしてくれると言うのだ。まさに、ナースの鏡ではないか。

「ありがとうございます、杏樹さん」

「どういたしまして」

と言うなり、杏樹が舌を出してきた。ぺろりと鎌首を舐めてくる。しかも、色っぽい目で雅人を見ながらだ。

すると、どろりと鈴口から我慢汁が出てきた。

「あら」

と言いつつ、それをぺろりと舐めてくる。ピンクの舌が白く汚れる。が、すぐにピンクに戻る。

「ああ、ああ……杏樹さん……ああ、ああ」

女性の舌が俺の鎌首を這《は》っている。汚い我慢汁を舐め取ってくれている。

雅人は感激で身体を震わせていた。

「あら、震えているの？」

「は、はい……ああ、ありがとうございますっ、杏樹さんっ」

「うれしいわ、そんなに喜んでくれて。だから、童貞くんは好きよ。純なところがいいわよね」

ここどうかしら、と裏スジに舌腹を這わせてくる。

「ああ、そんなっ……杏樹さんっ……ああ、天使ですっ。白衣の天使ですっ」

雅人はリアルナースを前にして、ベタなことを口走ってしまう。それくらい、純粋に感動していた。

5

「天使に見えるかしら」

「見えますっ、見えますっ」

杏樹は笑顔を見せ、笑顔のまま、ぱくっと鎌首を咥《くわ》えてきた。そしてくびれを締めつつ、じゅるっと吸ってくる。

「あっ」

鎌首がとろけてなくなってしまいそうな快感に、雅人は大声をあげる。個室でよかったと思う。四人部屋だったら、まわりを起こしてしまっていただろう。いや、そもそも四人部屋だったら、こんなサービス、いや、こんな自由診療を受けることはできなかったのではないのか。

杏樹の唇が反り返った胴体まで下がる。うんっ、とうめき声を洩《も》らしつつ、付根まで頬張《ほおば》ってくる。

「あ、ああ、ああ……」

勃起したち×ぽすべてが、熟女ナースの口に入ってしまった。すべてを咥えられる快感に、雅人は身体を震わせる。

杏樹は根元まで咥えたまま、頬をへこめて吸いはじめる。

「ああ、あああっ、ああっ」

ち×ぽ全体がとろけそうだ。

杏樹が唇を引きあげる。唾液まみれのペニスが跳ねる。

「声、大きいわよ、達川さん」

「すみません……あまりに気持ちよくて……」

「初体験だものね」

「は、はい……」

初体験という言葉に、ペニスが反応し、ぴくぴく動く。

「すごく元気ね。両手両足を骨折しているとは思えないわ」

そう言うと、またペニスにしゃぶりついてくるかと思ったが、違っていた。

垂れ袋にしゃぶりついてきたのだ。

「あっ、そこっ……それっ」

ぱふぱふと、やわらかな袋に刺激を与えつつ、舌先で中の玉をころがす。

「ああっ、そんなこと……ああ、杏樹さんっ」

いきなり高度な技巧を受けて、童貞野郎は声をあげまくる。中の玉をころがされるたびに、ペニスがひくつき、あらたな我慢汁がどろりと出てくる。

「廊下まで洩れるわ。聞かれたら、まずいでしょう」

垂れ袋から唇を引き、杏樹がなじるような目を向けてくる。

「すみません。ああ、あまりに気持ちよくて……ああ、感激です。骨折してよかったです」

「あら、かわいいこと言うのね。だから、チェリーは好きなの」

と言うなり、ふたたび鎌首を咥えてくる。我慢汁ごとじゅるっと吸いあげて胴体をつかむと、しごきはじめる。

「うんっ、うっんっ、う、うんっ」

手コキに合わせるようにして、色っぽい美貌も上下させる。

ナースキャップがずれていく。ボブカットの髪が頬に貼《は》りついているのがたまらない。

「あ、ああっ、出そうですっ。ああ、出そうですっ、杏樹さんっ」

雅人はそう訴える。さきほどはいきなり出して、里穂の手を汚してしまった。

それはそれで興奮したのだが、これから世話になるナースの口にいきなり出すのも憚《はばか》られた。

出そうと言えば、杏樹は唇を引くと思っていた。が、そのまま美貌を上下させ、雅人のペニスを吸いつづける。むしろ、激しさを増していた。

「ああ、出ますっ。ああ、口に出しますっ」

そう訴えると、杏樹がこちらを見て、濡れた瞳で、いいわよ、と告げた。いや、はっきりそう告げたかどうかわからない。雅人にはそう見えたのだ。いずれにしろ、もう限界だった。杏樹が唇を引かないかぎり、雅人のザーメンは喉を直撃することになる。

「ああ、出ますっ」

と叫び、雅人は腰を震わせた。ぐぐっと杏樹の中で膨張し、そして爆《は》ぜた。

「おうっ、おうっ」

雅人は雄叫《おたけ》びをあげていた。個室でよかった。

どくどく、どくどくと、信じられないくらいの勢いで、ザーメンが噴き出していく。そして、杏樹の喉をたたいていく。

「うっ、うう……」

一撃目は美貌をしかめたものの、すぐにうっとりとした表情となり、逃げることなく、入院患者のザーメンを受けつづける。

なんてナースなのだっ。まさに天使っ。地上に舞い降りた天使だっ。

どくどくが鎮まらない。さっき一発出しているのがうそのように、脈動がつづく。

「う、うう……うう……」

杏樹はそれをしっかりと喉で受けつづけた。

ようやく、脈動が鎮まった。それでも、杏樹は唇を引かない。しばらくそのままでいて、そしてようやく美貌を引きあげた。

「ああ、杏樹さん……」

杏樹の唇から、ねっとりとザーメンが垂れる。それを杏樹が手のひらで受け止める。

「ああ、僕のお腹に出してくださいっ。ぺっと吐き出してくださいっ」

できれば、ティッシュを用意してあげたいのだが、なにせ両手も両足も動かないのだ。だから、杏樹が自分で処理するしかない。

「吐いてください」

杏樹は吐かない。唇を閉じたままでいる。

まさか、まさか……飲むのかっ。

と思った瞬間、杏樹の喉がごくんと動いた。

「ああっ、杏樹さんっ」

雅人の視界がぼやけた。泣いていた。初フェラを受け、初口出しを遂げ、しかもそれを飲んでくれて、雅人はあまりの感激に涙を流していた。

杏樹が唇を開いた。口の粘膜はピンク色だった。たった今、大量に口に出したのに、すでにその残像すらなかった。

「おいしかったわ、達川さん。やっぱり、チェリーのザーメンがいちばんね」

「そ、そうなんですか……」

「あら、どうしたの、達川さん。まさか、泣いているのっ」

涙を浮かべた雅人を見て、杏樹が目を見張る。すぐにでも涙を拭きたかったが、それもできない。

恥ずかしい姿を、熟女ナースにさらしつづける。やはり、羞恥プレイか。

「まさか、口に出したから、飲んでもらったから、泣いているの」

「はい。そうです。ありがとうございました」

「かわいいわ」

と言って、杏樹が色っぽい美貌をよせてくる。

まさか、キスかっ、ファーストキスかっ。

違っていた。頬を伝う涙の雫《しずく》を、ぺろりと杏樹が舐めてきた。

「あ、ああ……杏樹さん」

杏樹が股間を見る。

「やっと小さくなってきたわね。さあ、おしっこの時間よ」

そう言うと、杏樹はその場でしゃがみ、ベットの下から尿瓶を取り出した。

6

朝食のあと、玲子先生が里穂とともに、個室に入ってきた。朝食は点滴だった。里穂か杏樹に、あーんと口に運んでもらえるのかと期待したが、現実は厳しかった。

里穂を見ると、胸が痛んだ。杏樹のフェラで口に出したことで、なぜか里穂に隠れて浮気をしているような感情が湧きあがってきたのだ。

彼女いない歴三十年の俺が、浮気で気まずい気持ちになるなんて……まあ、そもそも浮気ではないが……。

「いかがですか。痛みはどうですか」

痛み。そんなこと、すっかり忘れていた。頭の中は、里穂の手コキと杏樹のフェラのことでいっぱいで、痛みを感じる余裕すらなくなっていた。

もしかして、これもナースの仕事だったのか。

「そうですね……あまり、感じません」

「そうですか」

玲子がちょっと残念そうな表情を浮かべる。

ふつう、逆じゃないのか。玲子先生は、患者が痛がっているほうがうれしいのか。

「では、聴診器、当てますね」

と、玲子が言うと、里穂が近寄り、胸もとのボタンをはずしはじめる。

杏樹のフェラのことがあり、まっすぐに里穂を見られない。里穂のほうは、いつもと同じで、表情を変えることはなかった。

里穂は俺を童貞だと当てている。そして、杏樹に申し送りしている。

申し送り……。

「あっ……」

「どうしましたか」

里穂が怪訝《けげん》な表情で雅人を見る。

「すみません……なんでもありません」

申し送り。もしかして、杏樹はフェラで抜いてペニスを小さくさせて、おしっこさせた、と里穂に伝えているのではないのか。

知っていますか、浮気したことと、思わず雅人は里穂を見つめる。すると、里穂はなにか恥じらうような表情を見せて視線をそらし、入院着の前をぐっとはだけた。

えっ、なにっ。今、俺に至近距離で見つめられて、里穂は恥じらわなかったかっ……気のせいか……。

混乱していると、玲子がいきなり聴診器を乳首に当ててきた。

里穂のことに気が向いていた雅人は心の準備なく乳首に当てられ、

「あんっ」

と、いきなり恥ずかしい声をあげてしまった。

すると、玲子がうふふと笑った。そして、ぐりぐりと聴診器を乳首に押しつけてきた。

「あっ、ああ……」

またも声をあげてしまう。

俺、こんなに乳首、感じやすかったっけ……。

とにかくぞくぞくするのだ。声が出てしまうのだ。

聴診器が右の乳首から離れた。ホッとするのも束《つか》の間、すぐに左の乳首に当てられた。ひんやりとした感覚に、またも声をあげそうになる。今度はどうにかこらえた。

左の乳首から聴診器を離すと、またも右の乳首に当ててきた。

「今日、ひとり退院されるので、夕方から四人部屋に移ってもらいます。いいですか」

玲子が乳首に聴診器を当てたまま、聞いてくる。

「このまま、個室も選択できるのですか」

個室なら、また今夜、杏樹のフェラが……いや、もしかして、里穂のフェラが……いやいや、もしかして、杏樹で初体験が……。

いや、里穂とエッチがっ。

「今日まで……個室、いいですか」

「いいですよ。差額ベッド代がかかりますが」

「ちなみに、いくらでしょうか」

「五万だったかしら」

「えっ、五万っ」

雅人が驚愕《きょうがく》の声をあげているなか、玲子は去っていく。ひとり残った里穂が、

「冗談ですよ。二万八千円です」

と言った。なんか、風俗店の値段っぽい感じがするのは気のせいか。しかし、二万八千円は高い。

いや、そうか。里穂の手コキに杏樹のフェラと口内発射つきなのだ。安いのでは。しかも、今夜は里穂のフェラがあるかもしれない。でも、なにもなかったら、二万八千円まるまる損になる。

「どうしますか」

と聞きつつ、里穂が雅人の乳輪をなぞりはじめる。

なんだ、これはっ、と里穂を見るが、表情はいつもの里穂に戻っている。それでいて、乳輪をじらすようになぞりつづけている。

乳首が恥ずかしいくらいとがっている。

ああ、触ってほしい。乳首、触ってほしいっ。

「個室、お願いします」

と、雅人が言うと、わかりましたと、あっさりと乳輪から指を引いていった。

そして、入院着の前をはだけたままで、里穂が個室を出ていった。

こうなると、両手両足を動かせない雅人は、自分の乳首を見つめるしかすべがなかった。

第二章　美女ふたりを相手に

1

昼食の点滴が終わったころ、失礼します、と個室のドアが開いた。

小島渚が顔をのぞかせた。

「達川さんっ」

雅人の姿を見つけると、渚が駆けこんできた。

「申し訳ありませんでしたっ」

ベッドの横で深々と頭を下げた。漆黒のストレートの髪が、胸もとへと流れていく。それにつれ、甘い薫りが、かすかに雅人の鼻孔をくすぐった。

社内でときおり嗅《か》ぐ渚の髪の匂いを、病院の個室で嗅ぐのもまた格別だった。

「私の不注意のせいで、達川さんをこんな目にあわせてしまってっ」

渚が顔を上げた。くるりとした大きな黒目に涙がたまっている。

その顔を見て、雅人は一気に勃起させていた。入院してからのほうが、股間は元気になっている気がする。

「小島さんは悪くないから……むしろ、支えきれなかった僕が悪かったよ」

「そんなっ、達川さん、やさしすぎますっ」

渚がギプスで固定されている左手を思わずつかみ、揺さぶった。その瞬間、今まで感じなかった激痛が走った。

「痛いっ」

雅人は思わず大声をあげた。

「あっ、ごめんなさいっ」

渚があわてて手を引く。

「ああ、私、どうしたらいいんですか」

渚が、涙を浮かべた瞳を雅人に向けてくる。

かわいい。かわいすぎる。

M製菓一のマドンナOLにじっと見つめられ、雅人も感激で涙を浮かべそうになる。

「なにか言ってください。私、なんでもしますから」

なんでもするっ。じゃあ、キスしてくれ、と言ったらしてくれるのか。会社一の美女とファーストキス。

ああ、なんて最高なのだろう。でも、そんなことは言えない。相手が弱っているときに、それにつけこんでファーストキスを果たしても意味がない。三十年もキスを待っていたのだ。相思相愛で、お互いの思いが募ったときに、唇と唇を合わせたい。

けれど、そんなことを思っているから、いつまで経《た》っても真性童貞なのだ。いや、違う。まだ童貞ではあるが、真性童貞ではなくなっている。里穂の手コキを受けただけではなく、杏樹にしゃぶられ、口に出しているのだ。

もう、俺の身体は汚れてしまっている。それなら、純なファーストキスはあきらめ、悪代官のような、相手につけこむファーストキスでいくか。

「あの……お身体、拭きましょうか……」

美人ナースたちに拭いてもらっているが、渚が拭いてくれるというなら、それを断る理由などない。

「おねがいできるかな」

と言うと、はい、と渚はこの部屋に入ってはじめて笑顔を見せた。

自分のせいで骨折させたという罪の意識があるから、雅人になにかしてやらないと、気持ちが収まらないのだろう。

それなら、なにかさせたほうがいい。

渚がトートバックからハンドタオルを取り出した。洗面台に向かう。

雅人はあらためて渚のうしろ姿をじっくりと見る。

今日は黒のジャケットに黒のパンツスタイルだ。パンツがぴたっと渚のヒップに貼りつき、ぷりっと張った曲線を浮きあがらせている。

いい尻だ。洗面台でハンドタオルを濡らし、絞ると、こちらに戻ってくる。

そして黒のジャケットを脱ぎ、白のブラウス姿となる。M製菓の男性社員が大好きな姿だ。

清楚系の渚は、誰より白のブラウスが似合う。

清楚系なのに、バストはかなり豊満だ。清楚系の美女というのは、たいていバストはこぶりだろう。それなのに、渚は清楚系の顔だちをしながら、掟破《おきて》りの巨乳なのだ。

今も、ブラウスの胸もとがパンパンに張っている。

「あ、あの……前をはだけてくださいますか」

いきなり超難度のこと言う。

「小島さんにおねがいできるかな」

と言うと、渚がはっとした表情を浮かべ、また、

「ごめんなさいっ」

と、頭を下げる。またもストレートの髪がさらさらと胸もとに流れ、甘い薫りが漂ってくる。

「失礼します」

と言い、渚が入院着のボタンに手をかけてくる。白くほっそりとした、きれいな指だ。美人というのは、とうぜん指まで美しい。

渚の指が震えていた。なかなかボタンをはずせずにいる。

えっ。もしかして、渚、こういうことに慣れていないのか。もしかして、処

女かもっ。

小島渚が処女かどうかは、彼女が入社したときから、男性社員の酒席のネタとなっていた。いくら清楚系とはいえ、彼女も二十三だ。これだけの美人が処女のまま無事にここまで来るとは考えられない、という意見が主流だったし、雅人もそう思っていた。

けれど、男のボタンひとつはずすのにも緊張している渚を見ていると、もしかして、と期待してしまう。

やっと、ひとつはずれた。ふたつ、三つとはずしていく。そして、入院着の前をはだけた。

胸板があらわれる。すでに、雅人の乳首は勃っていた。入院してから、玲子先生の聴診器責めにあって、乳首が勃ちやすくなってしまっている。

骨折して、両手両足の機能は衰えていたが、性感は敏感になっていた。

渚が濡れタオルを鎖骨に当ててくる。そして、やさしく拭きはじめる。

すぐに胸もとに向かう。とうぜん、乳首が濡れタオルにこすれる。気持ちいい。渚に乳首責めを受けるのは格別だった。予想していたことだから、喘《あえ》ぎ声をこらえることができていた。

まあ、渚は乳首を責めている気は毛頭ないだろうが。

濡れタオルが左の胸板に移動する。こちらの乳首でも感じていた。

「気持ちいいですか」

渚がいきなり聞いてきた。

「えっ……」

乳首の快感に浸っていた雅人は、不意をつかれて、すっ頓狂な声をあげてしまう。乳首責め、気持ちいいですか、と聞こえたからだ。が、そんなことを聞いているわけがないと気づき、

「はい。ありがとう」

と、どうにか先輩社員の面目を保つ。すると、

「よかった」

と、渚が笑顔を見せた。

「もっと気持ちよくなってくださいね」

と言って、渚がお腹を拭いてくる。

なんだってつ。もっと気持ちよくなっていいだってつ。

もちろん、深い意味はないだろう。でも、雅人は勝手に深く捉えてしまう。

「あ、あの……足も……拭いていいですか」

足を拭くということは、入院着のズボンを下げるということだ。昨日から着がえていないブリーフを見せるということだ。

そうだ。下着の替えを持ってこないとっ。どうしたらいいのか。

「拭いていいですか」

「はい」

と、うなずく。渚が処女かどうか、さらに確かめたかった。

渚が入院着のズボンに手をかける。里穂はさっと事務的に下げたが、渚はそういうわけにはいかないようだ。

ズボンを下げると、下着が見えることに気づいたのか、頰を赤らめはじめた。

ああ、かわいい。

恥じらう姿を見るだけでもぞくぞくする。

まずいっ。

もうびんびんだ。間違いなく、ブリーフはもっこりとなっている。それは、渚を見て、渚の乳首責めを受けて、興奮していることを意味している。もしかして、軽蔑《けいべつ》されるかもしれない。私のことをそんな目で見ていたのですかっ、となじられるかもしれない。

が、小さくはならない。無理だ。

2

渚がやっとズボンを下げる。

すると、とうぜんブリーフがあらわれる。やはり、もっこりしていた。

渚はちらりと目にするなり、清楚な美貌を横に向けた。できるだけ、見たくない、という態度を取っている。そして、ズボンを足首まで下げた。

濡れタオルを手にして、ふくらはぎから拭きはじめる。ち×ぽから遠いところからじらしていく気か、と雅人は勝手に想像する。

相手が渚だと、ふくらはぎを拭かれているだけでも興奮する。

ふくらはぎから膝小僧《ひざこぞう》、そして太腿へと濡れタオルが上がってくる。と同時に、渚の美貌もブリーフに迫ってくる。渚はずっと横を向いている。

濡れタオルがもっこりに触れた。

「あっ」

声をあげて、渚が濡れタオルごと手を引く。

「どうしたの、小島さん」

ちょっとだけ余裕を見せて、雅人はそう聞く。やはり、昨日の手コキとフェラ口内発射の経験が大きかった。まだ童貞ではあるが、なんとなく経験済みのような気分になっている。

それが、ブリーフのもっこりに触れただけで狼狽える渚を、余裕で見られる要因になっていた。

やはり、男は経験だ、とにやける。

「すみません……」

美貌をそむけたまま、濡れタオルを股間に伸ばしてくる。

「じかに、拭いてくれないかな」

と、雅人は言った。真性童貞のままだったら、ぜったい言えない言葉だった。

「えっ……」

渚がこちらを見る。すると、もっこりが視界に入るのか、あっ、と声をあげたが、もうそらさなかった。

「ブリーフ、着がえてなくて、ずっとこのままなんだよ」

「そうなんですか。ああ、そうですよね。ああ、ブリーフ、買ってきます。売店にあると思います」

「おねがいできるかな」

「じゃあ、今」

と、ベッドから離れようとしたが、

「さきに、拭いてくれないかな。なんか、気持ち悪くて……」

「き、気持ち、悪いんですか……」

ペニスが気持ち悪いみたいな表情を浮かべる。

やっぱり、処女なのではっ。おいっ、M製菓の男子たちっ、小島渚は処女だぞっ。

「おねがいできるかな」

「も、もちろんです……私のせいで……ここが、汚れたままなんだし……」

実際は昨晩、ナースたちによってきれいにしてもらっていたが、黙っていた。

「ああ、脱がせますね」

そう言うと、渚がブリーフに手をかけた。その手が震えている。

「大丈夫かな、小島さん」

「は、はい……大丈夫です……拭くだけですものね……」

拭くだけ、拭くだけ、と念仏のように何度も口にして、そして渚はブリーフを下げた。

弾けるように、びんびんに勃起したペニスがあらわれた。それを見て、

「きゃあっ」

渚が悲鳴をあげた。ドアまで走る。

「えっ、小島さんっ、どうしたのっ。はじめて見るわけじゃないだろう」

わざとそう聞く。

「は、はじめてです……すみません、男性の……お、おち×ぽ見るの……はじ

めてです」

M製菓のマドンナの口から、おち×ぽという言葉が洩れて、ペニスがひくついた。それを見て、

「あっ、動きましたっ。今、おち×ぽ、動きましたっ」

と、渚が叫ぶ。

「そりゃあ、動くよ、生きているんだから」

「でも、なんか……ネットで、男性の意志では、コントロールできないって読んだことがあります」

「そうだね。コントロールできないね」

「あ、ああ……達川さん、こんなに大きなおち×ぽ、隠していたんですね」

「隠していたわけじゃないし、別に特別大きいわけじゃないと思うけど……今、勃起しているからね」

「ぼ、勃起、ですか……ああ、そうですよね、勃起……」

今度は、勃起、勃起と念仏のように口にする。

「はじめて見たってことは、小島さんって、まだ……」

「ごめんなさい……男性、知らないんです」

渚が見舞中に、処女であることを会社の先輩に告白していた。

これはスクープだっ。すぐにでも、会社の同僚に話したいっ。

「あの、これ、内緒ですよ。誰にも言わないでくださいね」

「もちろん、誰にも言わないよ」

ありがとうございます、と礼を言いつつ、渚が近寄ってくる。どうやら、落ちついてきたようだ。びんびんの勃起が目の前にあっても、襲われることはないと気づいたのかもしれない。

なにせ、雅人は両手両足を動かせないのだから。これが痴女なら、勃起したペニスをいじめ放題で、目を輝かせるかもしれない。

玲子先生なら、きっとそうだ。

彼女のひんやりとした眼差《まなざ》しを思い出し、鈴口から我慢汁を出してしまう。

これは不覚だった。

「あっ、なんか、出てきました」

と、渚が言う。さっきまでとは違い、興味深く見つめてくる。渚も大人の女だ。ペニスのことを知っておきたいのかもしれない。

「ごめん……なんか恥ずかしいな、我慢汁を小島さんに見られて」

「我慢汁……達川さん、今、我慢なさっているのですか」

と、渚が聞く。

「まあ、そうだね……ずっと我慢しているね」

三十年間、エッチなしで我慢しているという意味をこめて、雅人はそう答えた。すると、

「ああ、ごめんなさいっ。私のせいですよね。私のせいで、オナニーできないんですよねっ」

あらたに涙をためつつ、渚がそう言う。

エッチできないではなく、オナニーできない、というのは癪《しゃく》だったが、事実ではあった。

「ああ、すみませんっ。彼女さんとかいたら……その……しますよね」

「そうだね」

「ごめんなさいっ。彼女さんにも申し訳ないですっ」

涙の雫を流しつつ、渚が謝る。

「彼女はいないから、大丈夫だよ」

これ以上泣かせたらまずいと、雅人はそう言う。

「そうなんですか……じゃあ、やっぱり……オナニーですか」

清楚系美女の口から、二度もオナニーという言葉を聞き、あらたな我慢汁を出してしまう。

「また、出てきました……私のせいで、たまっているんですよね」

昨晩、里穂と杏樹を相手に二発も出していたが、そうだね、と答える。実際、たまっていた。三十年もの間、たまりにたまっていたものは、里穂と杏樹相手に出したくらいでは変わらない。

涙をにじませて困惑している渚を見ていると、さらに我慢汁が出てくる。もう、鎌首は白く染まっている。

「きれいにしないと……」

渚が濡れタオルでペニスを包んできた。

雅人は思わず、あっ、と声をあげていた。濡れたタオルごしとはいえ、M製菓のマドンナにペニスをつかまれたのだ。しかも、初にぎりだ。

「痛かったですかっ」

渚がまた泣きそうな顔を浮かべる。

「ちょっとね」

と、雅人は言った。もちろん気持ちよくて、声を出してしまったのだが、ちょっとしたアイデアが浮かんだのだ。

「すみません」

「ち×ぽの先端って、とてもデリケートなところなんだ」

「そ、そうですよね……クリも……そうだし」

クリ、と口にしたことに気づき、いやっ、と渚が美貌を真っ赤にさせる。

「そう。クリみたいなものなんだ」

「そうなんですね」

「だから、その……タオルじゃなくて……できたら、舌で……きれいにしてほしいんだ」

「し、舌……」

渚の美貌が強張る。

「いや、別にいいんだよっ。処女の小島さんに、ち×ぽのさきっぽを舐めろなんて言えないから」

そう言っていた。

渚は勃起したままの雅人のペニスをじっと見つめる。舐めるかどうか迷っているのだろう。その迷っている表情に新鮮な刺激を覚え、さらに我慢汁を出してしまう。

「あっ、また、出てきました……たまるって、男性にとって、すごくつらいんですよね」

「そうだね」

うそではない。つらいことはつらい。

「わかりました。なんでもしますって言っておいて、舐められませんなんて言えませんから」

自分に言い聞かせるように、渚がそう言う。なにか大きな決断をしたような顔つきになる。

「舐めてくれるかな」

声がちょっと震えていた。

「はい……お舐めします」

そう言うと、渚がペニスの先端に美貌をよせてきた。

ああ、渚がっ、M製菓のマドンナがっ、俺のち×ぽを舐めるんだっ。

渚がちゅっと先端にくちづけてきた。そのまま、くなくなと唇を押しつける。

唇自体はしっかりと閉じたままだ。

舐めたくないのだろう。ためらいが、閉じた唇にあらわれている。でも、拒むわけにはいかないから、唇を押しつけているのだ。

渚はくちづけをつづける。ピンクの唇が白く絖ってくる。

俺の我慢汁だっ。俺の我慢汁で、渚の唇が汚れていく。

ああ、なんて眺めだ。最高じゃないか。昨晩出していなかったら、このままの状態で暴発させていたかもしれない。かもしれないじゃなくて、間違いなく、今、射精していた。

射精したら、どうなっていたんだろう。もろ、顔にかかるはずだ。

そんな想像をすると、さらにどろりと大量の我慢汁が出てきた。

それを見た渚が、ついに唇を開いた。ぺろりと先端を、我慢汁を舐めてくる。

ぞくぞくとした刺激に、雅人は腰をくねらせる。

「痛いですか」

舌を鎌首に押しつけたまま、渚がこちらを見つめる。

なんて眺めだっ。

「い、いいや、いいよ。そのまま、舐めて、きれいにして、渚さん」

興奮しすぎて、つい名前で呼んでしまう。が、渚はなにも言わず、ぺろぺろ舐めてくる。

ねっとりと鎌首に渚の舌が這い、我慢汁で汚れる。渚は我慢汁まみれになった舌を口に入れる。そして、ピンクに戻った舌をあらためてからめてくる。

ということは、渚が俺の我慢汁を飲んだということになりはしないか。なりはしないかではなく、そうだ。

ああ、なんてことだっ。

感激と興奮で、雅人の身体全体がかぁっと燃えあがる。

興奮しすぎて、舐めても舐めても我慢汁がどろりと出てくる。それを、渚はていねいに舐め取りつづけている。口に運びつづけている。

ああ、だめだっ。もう出そうだっ。今出したら、渚の顔にかけてしまう。それはいくらなんでもまずいっ。

「渚さんっ」

大声で名前を呼ぶ。

「はい……」

渚がこちらを見た。舌は鈴口を突いている。

「咥えてっ。ち×ぽ、咥えてっ」

「えっ」

「出そうなんだよっ。だから、咥えてっ」

「えっ、出るって……まさか、出るのっ」

「咥えてっ」

はいっ、と渚が鎌首を咥えた瞬間、ザーメンが噴き出した。

「おう、おうっ、おうっ」

雅人は獣の咆哮《ほうこう》のような声をあげて、どくどく、どくどくと渚の口にザーメンを出しつづける。

一撃目を喉で受けたときは、渚は美貌を歪めたが、唇を引くことなく、受け止めつづける。

「おう、おう、おうっ」

雅人は雄叫びをあげつづける。脈動が鎮まらない。昨晩、里穂と杏樹の手と口に一発ずつ出したはずなのに、三十年たまりにたまったザーメンを、渚の口に放出している感じだ。

「う、うぐ……うぐ……」

渚はずっと受け止めつづけている。はじめての口内射精が大量で気の毒になるが、脈動が鎮まらないのだ。

渚は健気に受けつづけている。まあ、今、唇を引いたら顔にかかるから、引くに引けないのだろうが。

ようやく、脈動が鎮まった。

劣情の飛沫《しぶき》を出し終わると急に、大変なことをしてしまった、と後悔が襲ってきた。思えば、渚の口に出す必要はなかったのだ。渚は濡れタオルを持っていた。それで鎌首を包めばよかっただけのことだ。

「ああ、渚さん……大丈夫かな」

唇を引いた渚は呆然《ぼうぜん》としている。自分になにが起こったのか、にわかには理解できないのかもしれない。というか、理解したくないのかもしれない。

「ザーメン、洗面所に吐いてっ」

そう言うも、渚は唇を閉じたまま、放心状態でいる。

「そのタオルに出して」

えっ、という顔で渚が雅人を見つめる。その瞳は潤んでいる。涙ではない。

涙以外の潤みだ。まさか、口でザーメンを受けて、感じているのか。いや、それはないだろう。

ずっと口を塞がれていて、目が潤んだだけだろう。

が、閉じた唇からザーメンをにじませつつ、瞳をうるうるさせている渚は、震えがくるほどきれいだ。

「渚さんっ、大丈夫？」

渚がはっとした表情を見せた。そして、トートバックに濡れタオルを入れるなり、ドアへと向かっていく。

「渚さんっ、出してっ。口からザーメン出してっ」

雅人が叫ぶなか、渚は口にザーメンを含んだまま、個室から出ていった。

3

渚を追いかけようと、起きあがろうとして、両足に激痛が走った。

「痛いっ」

そこで、あらためて両手両足が動かないことを知る。

なんてことをしてしまったのか。我慢汁を舐めてもらうだけでも充分なのに、口に出してしまった。渚は処女だと言っていた。これで、男性不信にならなければいいが。

なにより、俺のこと嫌いにならなければいいが。なんでもしますから、と言われて、つい調子に乗ってしまった。

落ちついてくると、大変まずいことに気づいた。

口に出されてパニックになった渚が、そのまま出ていったため、今、雅人は裸で、ち×ぽまる出しの状態なのだ。

しかも、たった今、渚の口に出したにもかかわらず、勃起したままなのだ。

こんな姿、ナースに見られたら最悪だ。というか、渚が戻ってこないかぎり、ぜったい見られてしまう。

せめて、ち×ぽを小さくできないか。裸でひとり勃起させているなんて、放置プレイ好きだと勘違いされてしまう。

いや、勘違いどころか、もしかして、俺はこういうのが好きなのかもしれないぞ。ふつう、この状況で勃起しないだろう。しかも、出したばかりなのだ。

それなのに、まずいとあせればあせるほど、びんびんになってくるのだ。

まずいっ。小さくなれっ。

ドアが開いた。杏樹が入ってきた。

「あら……」

裸で勃起させている雅人を見て、杏樹の目が光る。

「今、お見舞の方が来ていましたよね。すごくきれいな女性でしたよね」

そう言いながら、近寄ってくる。

「ち×ぽを出したまま帰るなんて、かわいい顔してSなのかしら」

と言いつつ、杏樹がぎゅっと握ってきた。

今日も杏樹は色っぽい。相変わらず、ナース姿がコスプレにしか見えない。

杏樹が、あら、という表情を見せる。そして、勃起したままのペニスに美貌をよせてきた。

「あら、もう出しているようね。あのきれいな彼女のどこに出したのかしら。まさか、おま×こじゃないわよね」

「彼女ではありません」

「あら、そうなの。彼女じゃないのに、抜いてくれたのね。ああ、あの子を庇《かば》って骨折したのね。そうでしょう」

と聞きつつ、あらためてペニスをつかんでくる。

「そうです……」

「罪の意識につけこんで、しゃぶらせたのね、達川さん」

「そんな……違いますっ」

「それでいいのよ。あの子で童貞を卒業するのがいいのかしら。私が卒業させてあげようかと思っていたけれど、やっぱり、はじめては人妻じゃなくて、あんな清楚な子がいいわよね」

「杏樹さん、人妻なんですかっ」

左手の薬指に指輪はしてないが、ナースの仕事の間ははずしているのだろう。

「そうよ。がっかりしたかしら」

「いいえ、そんな……」

「どっちにするかしら」

そう聞きつつ、左の手のひらで鎌首を撫《な》ではじめる。右手では胴体をしごいたままだ。

「あっ、ああ……どっちって、ああ、なんですか」

「だから、どちらのおま×こで童貞を卒業したいのって聞いているの。あの清楚系か人妻系か」

雅人を見つめる杏樹の瞳が絖りはじめる。

ここは本当に病院の中なのだろうか。病院のイメクラの中にいるような錯覚を感じる。

「いや、どっちって……そもそも、渚さんとはなんでもありません」

「あら、渚って言うのね。清楚系にぴったりね」

我慢汁がどろりと出る。それが潤滑油がわりとなり、鎌首なでがさらに気持ちよくなってくる。

「あ、ああ……ああ……」

雅人はナースの手コキに腰をくねらせる。

入院してからペニスがとても敏感になっている気がしていたが、もしかして、両手両足を動かせない状況でしごかれているから、たまらなく感じているのかもしれないと気づく。

こんなプレイが俺は好きなのか。俺って、マゾの気があるのか。なにせ童貞だから、秘めた性癖を暴かれる機会がこれまでなかっただけかもしれない。

「じゃあ、私で卒業する？」

「か、からかわないでください」

「からかってなんかいないわ。私は本気よ、達川さん」

そう言いつつ、ぐいぐいしごく。

「あ、ああっ、そんなにされたら……」

出そうですっ、と叫んだとき、ドアがノックされた。

すると杏樹はペニスから手を引いて、どうぞ、と言った。

失礼します、とドアが開き、渚が顔をのぞかせた。当たり前だが、もうザーメンは口に含んでいないようだ。

ナースの杏樹を見て、出直します、と出ようとした。

「もう、終わりましたから、どうぞ」

と言って、杏樹は雅人を、裸、勃起で放置したまま出ていった。

「あの……売店で替えの下着を買ってきました」

と言いながら、渚がベッドによってくる。

そして、勃起したペニスを目にして、あっ、と声をあげる。が、もう視線はそらさない。

「あの……看護師さん、どんな処理をなさっていたんですか」

渚が聞いてくる。勃起したままのペニスの先端には、あらたな我慢汁がにじんでいた。

「いや……ちょっと……」

「ああ、ごめんなさい……さっき、私、おち×ぽ出したままにして、出ていったんですねっ」

「そ、そうだね……」

「看護師さん、変に思わなかったですか」

「どうかな……」

「ああ、ごめんなさいっ」

また、渚が泣きそうな表情を見せる。すると、ペニスがひくひく動いた。まずい。泣き顔を見て興奮していることが、ち×ぽの動きでわかる。が、渚は気づいていないようだ。

「あの……ザーメンはどうしたの」

「いただきました……」

と言い、渚が頬を赤らめる。

「いただいたって……あの、飲んだってこと？」

「いやでしたか」

「まさかっ。ああ、ごめんよっ、口に出したばっかりに……」

「いいえ……お、おいしかったですから……」

はにかむような表情で、渚がそう答える。

もちろん、気を使って言ったと思うが、表情だけ見ていると、まんざら気を使っただけでもない気がする。

「また、出てきていますね」

そう言うなり、渚が股間に美貌をよせて、ぺろりと先端を舐めてきた。

「あっ、渚さんっ……」

あまりの気持ちよさに、雅人は腰を震わせる。杏樹の先端なで手コキより気持ちよかった。やっぱり、舐めている女性が憧《あこが》れの新人だから、気持ちよさが跳ねあがっている。

鎌首が渚の唾液まみれとなる。

「きれいになりましたね」

と言って、渚がはにかむような笑顔を見せた。

たまらない。また、ペニスがひくつく。

「ブリーフ、穿きかえますか」

「おねがいしていいかな」

「もちろんです」

渚が袋からブリーフを出す。白のありふれたブリーフだ。かなり大きめで、穿くのが恥ずかしい気がする。これも羞恥プレイのひとつか。

膝まで下げられているブリーフを、渚が下げていく。最初はペニスを見ないようにしていたのに、今は、ちらちらと見ている。

口でザーメンを受け、そして飲んで、渚は少し大人の女になったようだ。

ギプスで固定されている両足をそろえて、そこから下げていく。

脱がせると、今度は白のダサダサブリーフを足に通して、上げてくる。

股間まで引きあげてきた。ペニスは勃起したままだ。それを包むようにして、渚が引きあげた。

白のブリーフは大きめのぶん、勃起していても、しっかりと収まった。もちろん、もっこりとしている。

なんか、ダサくて恥ずかしい、と言いそうになったが、買ってきたのは渚なのだ。渚を責めるようで、言えなかった。

「ごめんなさい……こんなブリーフしかなくて……ああ、達川さんには、もっとセクシーなブリーフが似合いそうですね」

「そ、そうかな……」

M製菓一の美女OLに、セクシー系だと言われて、雅人は喜ぶ。セクシー系と言われたのではなく、セクシーなブリーフが似合いそうと言われただけだったが。

でも、同じことじゃないか。俺はセクシーなのかっ。それはない。両手両足にギプスをはめられ、ち×ぽをずっとまる出しにさせている男のどこがセクシー系なのだろう。

「ああ、もうこんな時間」

「昼休み、終わっちゃうね」

「はいっ。ああ、また明日来ますからっ」

「毎日は大変だろう」

「毎日、来ますっ。来させてくださいっ」

渚は深々と頭を下げると、入院着をはだけ、引き下げたまま出ていった。

ち×ぽまる出しのさっきまでよりはましな気がしたが、ダサダサの白のブリーフを穿いた姿をさらしているほうが、より羞恥度が増した気がした。

渚がいなくなって落ちつくと、さっき杏樹が口にした言葉が蘇《よみがえ》ってくる。

――あの子で童貞を卒業するのがいいのかしら。私が卒業させてあげようかと思っていたけれど。

――どちらのおま×こで童貞を卒業したいのって聞いているの。あの清楚系か人妻系か。

この発言は本気なのだろうか。本気で、俺のチェリーを食べたいと思っているのだろうか。でも、冗談のようには聞こえなかった。

杏樹とエッチできるっ。杏樹で卒業できるっ。

雅人の胸は躍るが、渚と急接近してしまった今、もしかしたら、渚で男になれるかもしれないと思うと、迷いが生じる。

もちろん、渚は高嶺《たかね》の花だ。俺なんて相手にしていないだろうと思っていたが、今なら、渚とエッチできるかもしれない。

もちろん、色っぽい美人人妻ナースの杏樹でも男になりたい。でも、初体験は渚がいい。

いきなり、贅沢《ぜいたく》な悩みになる。

4

その夜、里穂と杏樹、ふたりいっしょに、個室にやってきた。

えっ。ダブルで責めてくれるのかっ。ここは桃源郷かっ。

里穂が入院着の上着をはだけ、杏樹がズボンを下げる。

「あら、ブリーフ、買ったのね」

と、杏樹が言う。そして、うふふと、里穂と顔を合わせて笑う。

「やっぱり、ダサいですか」

白の大きめのブリーフだけの姿は、どう見てもかっこよくはない。両手両足をギプスで固定された寝たきりの状態で、かっこつけても仕方がない気がするが、ちょっとでもよく見られたいというのが男心だ。

「似合っていますよ」

と、杏樹が言う。里穂はなにも言わない。

やっぱり、ダサいんだ。

「脱がせますね」

と言って、杏樹がブリーフを下げる。そしてまた、

「あら」

と言った。昨日はずっとびんびんだったペニスが、縮こまっているのだ。勃っているペニスを見られるのも恥ずかしかったが、縮こまっているペニスを見られるのも恥ずかしい。

――じゃあ、私で卒業する？

昼間、杏樹が言った言葉が、ずっと頭を駆けめぐっている。昨晩、杏樹は口で抜いている。だから、卒業するという言葉にとてもリアリティがあった。

それゆえ、夕方くらいから、もしかして、童貞卒業、とリアルに感じ、緊張

しはじめていたのだ。緊張するとともに、ペニスが縮んでいくのがわかる。

杏樹とのエッチを想像すればするほど、小さくなっていくのだ。

「彼女さんに抜いてもらったから、もう充分なのかしら」

と、杏樹が言い、

「えっ、彼女さん、いらっしゃるんですか」

里穂がその言葉に反応した。

えっ、なにっ。俺に彼女がいるかどうか、里穂さん、気になるのっ。

「昼間、お見舞に来ていたのよ。きれいな女性だったわ。清楚系って言うのかしら」

「そうなんですか」

と言って、里穂が雅人を見つめてくる。黒目が美しいだけに、見つめられるだけで、ドキドキしてしまう。でも、ペニスは昼間までと違って縮んだままだ。

「彼女じゃないですよ。会社の同僚です」

「同僚さんが、抜いてくれるのですか」

里穂が聞いてくる。

「抜いてもらってませんっ」

「あら、やけにムキになっているわね。もしかして、里穂にも気があるのかしら」

杏樹がからかうようにそう言う。

図星を突かれ、雅人は顔を強張らせる。

「あっ、そうなのね。好きって、顔に出ているわよ」

と、杏樹が言い、里穂は視線をそらした。そして、濡れタオルで胸板を拭きはじめる。乳首がなぎ倒され、せつない刺激が走る。

とにかく、入院してから乳首がとても感じやすくなっていた。

「里穂はどうなの」

杏樹も股間を濡れタオルで拭きながら、そう聞く。股間も気持ちよかったが、緊張が勝って勃起はしない。

ペニスって、こんなに気持ちと連動しているんだ、とあらためて思う。

「からかわないでください。達川さんは患者さんのひとりです」

「あら、そう」

里穂の美貌も強張っている。

これは、もしかして脈ありってやつじゃないのかっ。どうでもよかったら、逆に冗談でかわすだろう。でも、里穂は美貌を強張らせたままでいる。

えっ、まじかっ。渚だけでなく、里穂までっ。

「今夜は背中を拭きますね」

杏樹がそう言い、里穂とふたりがかりで、雅人を抱きかかえる。だから、今夜はふたりで来たのか。3Pするためではなかったようだ。

雅人の身体が横向きになる。そして、ばたんとうつ伏せになった。手足に痛みが走り、ううっ、とうめく。

「痛かったですか」

里穂が聞いてくる。

「いいえ……大丈夫です」

じゃあ、背中、拭きますね、と里穂が濡れタオルをうなじに当ててくる。それだけで、ぞくぞくした快感が走る。

杏樹が尻を濡れタオルで拭きはじめる。こちらもぞくぞくする。しかも尻たぼを開き、尻の狭間《はざま》まで濡れタオルを入れてくる。

「ああ……」

思わず、喘ぎのような声を洩らしてしまう。

こちらから見られない状態で、身体を触られるのは、なかなかいい。もちろん、生まれてはじめての経験だ。

里穂のタオルが腰へと下がると同時に、杏樹のタオルが太腿へと下がっていく。もう肛門は終わりなのだろうか。もっと刺激が欲しかったと思っていると、

「じゃあ、舐めていきますね」

と、杏樹が言った。えっ、と思っていると、杏樹がベッドに上がる気配を感じた。こんなこと、はじめてだ。

舐めるって、どこ。まさか、俺のケツの穴っ。

尻たぼをぐっとひろげられた。そして、尻の穴に息を感じた。杏樹の息だ。

えっ、そこまでやってくれるのかっ、と思った刹那《せつな》、尻の穴の入口をぺろりと舐められた。

ぞくぞくっとした快感に、雅人は、ひゃあっ、と変な声をあげてしまう。

「大丈夫ですか」

里穂が聞いてくる。大丈夫です、と答えるなか、尻の穴をひろげられ、杏樹の舌がぞろりと入ってきた。

「あっ、あんっ」

思わず、女のような声をあげてしまう。尻の穴舐めは、想像以上に気持ちよかった。ペニスは真性童貞時代も自分でいじっていたが、尻の穴をいじることはなかった。

ぺろりぺろりと舐めてくる。ぞくぞく、ぞくぞくっとした快感が走る。

そうか。ウォシュレットだ。毎日、ウォシュレットで肛門を刺激しているため、自然と開発されていたのだ。そこをぺろりと舐められ、一気に開花してしまった。

「あ、あんっ、あん……」

自然と喘ぎ声がこぼれてしまう。杏樹だけではなく、里穂にも聞かれていると思うと、たまらなく恥ずかしいが、その恥ずかしさすら快感に変わってくる。

やっぱり、俺は羞恥プレイが好きなのか。

雅人の反応のよさに昂《たかぶ》ったのか、杏樹が舌をとがらせて、ドリルのようにして責めてきた。

「あっ、ああっ、それっ……」

いつの間にか、ペニスがびんびんになっている。知らずしらず、シーツにこすりつけている。

「腰を上げてください」

と、里穂が言う。言われるまま腰を浮かせるなり、下半身にまわった里穂が股間に手を伸ばしてきた。勃起したペニスの先端を手のひらで包んでくる。

「あっ、それっ、ああっ」

肛門には相変わらず、杏樹の舌が入っている。その状態で、里穂に先端を責められているのだ。

やっぱり3Pかっ。まだ童貞だが、美女ふたりを相手にしている。

「ああ、ああっ、ああっ」

どろりと我慢汁が出るのがわかる。このまま出してしまいそうだ。このまま出したら、里穂の手だけでなく、シーツも汚してしまう。

それはまずいんじゃないのか。

里穂は鎌首を撫でつづける。

「あ、ああっ、出そうですっ」

と叫ぶなり、さっと里穂の手と杏樹の舌が引かれた。

「じゃあ、仰向《あおむ》けに戻しますね」

と言って、ふたりがかりで仰向けに戻すと、白のブリーフを引きあげる。

「えっ、あ、あの……」

「なんですか」

「い、いや……」

抜きたいです、とは言えない。そうだ。おしっこしたいと言えば、小さくさせてくれるぞっ。

「お、おしっこ、したいです」

「おしっこですか。贅沢ですね」

と、里穂が言う。

「えっ」

なにか怒ったような顔だ。もしかして、見舞に来た美形の同僚に嫉妬《しっと》しているのか。それで怒っているのか。

まさか、そんなこと……。

三十年もの間、モテるという文字に、まったく縁がなかっただけに、モテている状態がわからない。というか、しっくりこない。モテなれていないのだ。

「じゃあ、ひとまわりしてから、戻ってきますから、それまでに小さくさせていてください」

里穂が冷静に言う。

「杏樹さんっ」

すがるような目を人妻ナースに向けたが、そういうことだから、と言って、里穂と杏樹は入院着を着せることなく、白のダサダサのブリーフ一丁の状態にさせて、個室を出ていった。

ふたりの姿が消えると、すぐにペニスは小さくなった。

どうやら今夜は、エッチは無理だ。抜いてもらうことさえ無理なのだから。

いや、そもそも、できれば渚で初体験を済ませたいのだ。だから、これでいいといえばいいが、そうなると、差額ベッド代の二万八千円がとてつもなく高く感じた。

明日は四人部屋してもらおうか。いや、四人部屋に移ると、エッチのチャンスがなくなってしまう。毎日二万八千円払いつづけて、エッチの機会を待つのがいいのではないのか。

いや、やれないのなら、もったいない。

でも四人部屋に移ったら、やるのは絶望的になる。ここは個室にいたほうがいいのではないのか。

そんなことをうじうじ考えつつ、雅人はひとりの時間を過ごした。

第三章　はだけた白衣

1

朝食のあとの回診時間──玲子先生が杏樹とともに、個室に入ってきた。

玲子を見るだけで、乳首がむずむずしはじめる。今日も聴診器を当ててくれるのか。当てるだろう。当てるに決まっている。

「いかがですか」

「えっ」

「痛みませんか」

痛みか。そうか。すっかり忘れていた。乳首のことしか頭になかった。

「大丈夫です」

「そうですか」

また、玲子が残念そうな表情を浮かべる。

ふつう、逆じゃないのか。

「では、ちょっと診ましょう」

と、玲子が言う。

すると、杏樹が入院着を脱がせ、右手の包帯を取りはじめる。

えっ、乳首じゃないのかっ。

玲子がギプスで固定されている手をつかみ、動かしてくる。

「う、うう……」

痛みが走り、雅人は顔を歪めた。すると、玲子の目が光った。

「こちらはどうですか」

今度は逆方向に曲げてくる。こちらはさほど痛まない。大丈夫です、と言うと、玲子はさらに曲げてきた。激痛が走り、ううっ、とうめく。

すると、玲子がやっと手を放した。雅人が激痛に悶《もだ》え、やっとゆるしてくれたようだ。

左手、右足、左足と玲子は責めつづけ、雅人は、痛いですっ、と身体をよじらせつづけた。

「かなりよくなっていますね。手のギプスはすぐに取れるでしょう」

と、玲子が言った。

「そ、そうですか……ありがとうございます」

雅人はあぶら汗まれになっていた。

「聴診器、当てますか」

玲子が聞いてくる。

「えっ……」

「どうしますか」

別に当てなくてもいいのか。でも、当ててもらいたい。これだけ痛みに耐えたのだ。ご褒美が欲しい。

「おねがいします……」

雅人がそう言うと、痛みに耐えつつも、つんととがっていた乳首に、玲子が聴診器を向ける。

期待に身体が震える。

すると、玲子は乳首ではなく、胸板に当ててきた。しばらくそのままにして、そして聴診器を引きあげた。次が乳首か、と思ったが、玲子は乳首責めすることなく、聴診器を耳からはずした。

どうやら、今日は雅人を激痛で悶えさせて、それで満足したようだが、雅人のほうはまったく満足していなかった。

「今日、手術の方が個室に入られますから、午後から四人部屋に移ってもらいます」

そう言うと、玲子はちょんと乳首を指で弾いた。完全に不意をつかれ、

「あんっ」

思わず、恥ずかしい声をあげてしまう。

玲子はうふふと口もとをゆるめ、

「白のブリーフ、似合っているわよ。ザ・童貞って感じね」

と言うと、では、と出ていった。

なんて女医だと思いつつ、ブリーフの中を疼かせていた。

昼。今日も、小島渚が見舞に来てくれた。

顔をのぞかせ、目が合うと、はにかむような笑顔を見せ、失礼します、と入ってくる。ずっと、俯《うつむ》き加減だ。

なにせ、昨日、口で雅人のザーメンを受けているのだ。

「具合のほうはどうですか」

ベッドの横にある丸椅子に腰かけ、渚が聞いてくる。

「朝、手のギプスはすぐに取れるって、先生が言ってくれたよ」

「そうなんですかっ」

渚が笑顔になる。渚が笑うと、向日葵《ひまわり》が咲き誇っているようだ。

「よかったですね」

そうだね、と雅人もうなずく。渚の笑顔を見ているだけで、幸せな気分になる。渚の舌が鎌首を這うときの幸せとは、また別の感情だ。

「あの、着がえ、買ってきました」

頬をほんのりと染めて、渚がそう言う。そして、トートバックから袋を出すと、そこから黒のブリーフを出してきた。

「それ、シルクじゃないの」

はい、と渚がうなずく。

「こういったセクシー系が、雅人さんには似合うかなと思って」

いきなり名前で呼ばれ、雅人はドキンとした。

「黒のシルク、嫌いですか」

「まさかっ。好きだよっ。大好きだよっ」

いきなり、渚に告白している感じになり、雅人は狼狽える。なんか、M製菓一の美女ＯＬに名前で呼ばれて、パニックになっていた。

名前で呼び、呼ばれると、一気に親密な感じになる。

「じゃあ、着がえますか」

そう言って、渚が恥じらいの表情を見せる。ブリーフを替えるということは、いったん白のブリーフを脱がせるということになる。また、渚の前に雅人のペニスが露出することになる。

「おねがいできるかな」

もちろんです、と言って、渚が立ちあがり、入院着のズボンに手をかけ、下げていく。すると、白のブリーフがあらわれる。すでにもっこりとしていた。

白のブリーフがもっこりすると、さらにダサさが増して見える。

渚は美貌をそらし、白のブリーフに手をかけて、下げていく。弾けるようにペニスがあらわれた。

昨晩は、里穂や杏樹の前で、やれるかもと緊張して縮んだままだったが、今、渚とやることはないので、逆に緊張せずに勃起していた。

白のブリーフを足から抜き取り、今度は黒のブリーフを穿かせてくれる。

「ああ、今日も……すごいですね、雅人さん」

黒のブリーフを引きあげながら、真正面からペニスを見た渚が、火の息を吐くように、そう言った。

そして、黒のブリーフで包んでくれる。シルクの生地は薄く、勃起したペニスの形がもろに浮きあがって見えた。もろ出しより、シルクに包まれたほうが、よりエロく見えた。

渚もそう感じたのか、もっこりとしたシルクの上から、なぞりはじめる。

「ああ、硬いです……ああ、雅人さん」

そのままシルクごしに、勃起物を白い指で摘まむ。

「ああ、渚さん……」

じかに握ってほしい、と言いそうになるが、我慢する。

渚は手を引くと、美貌をよせてきた。シルクのもっこりに、今度は頬ずりしてくる。

「ああっ」

清楚系の色白美貌が、黒のシルクに押しつけられている。押しつけているのは、雅人のペニスだ。

「はあ、ああ……ああ……雅人さん……渚、なんか、昨日から変なんです」

頬ずりしたまま、渚がそう言う。

「変……」

童貞ザーメンを飲んだからか。

「なんか……ああ、渚のこと、軽蔑しないでくださいね……」

「しないよ」

なにを告白されても、軽蔑することなどない。

「ああ……雅人さんのおち×ぽを舐めて、ザーメン、口に受けてから、ああ、なんか、私、一気に開花した気がするんです」

「開花……」

「エッチな女になってしまいそうな気がするんです……処女なのに、いいのかなって……変ですよね」

「変じゃないよっ、渚さんっ」

雅人は思わず、大声をあげる。

あまりの大声に、渚が目をまるくさせる。

「ごめん……エッチな女というか、大人の女になりつつあるって感じなんじゃないのかな」

「そうなんですか……あの、ひとつ、いいですか」

「なんだい」

「あの、渚のこと、嫌いにならないでくださいね」

なるわけがない。おしっこをかけたくなった、と言われても、嫌いにはならない。

「あの……じかに……触っていいですか」

と言ってくる。

かわいいじゃないかっ。

「もちろん、いいよ。触って、渚さん」

「ありがとうございます……」

礼を言い、穿かせたばかりの黒のブリーフを下げる。またもぴんっとち×ぽがあらわれる。鈴口からどろりと我慢汁が出る。

それを見た渚が、あっ、と言うなり、しゃぶりついてきた。

いきなり、鎌首を咥えてきたのだ。

「あっ、渚さんっ」

渚は鎌首を咥えたまま、雅人を見つめてくる。

「吸って、吸ってっ」

と言うと、渚は咥えたままうなずき、じゅるっと吸いはじめる。優美な頬が、ぐっと窪《くぼ》むのがたまらない。

「そのまま、ち×ぽ、呑《の》みこめるかな」

調子に乗って、そう問う。渚は鎌首を吸いつつうなずき、美貌を下げていく。

胴体が渚の口に吸いこまれていく。

「あ、ああ、いいよ、渚さん。もっと、咥えて」

渚は素直に従い、びんびんに勃起したペニスの付根まで頬張ってくる。

「う、うう……」

ちょっとつらそうに美貌をしかめる。その表情がまたそそる。渚の口の中で、ぐぐっとひとまわり太くなる。

渚はち×ぽぜんぶを咥えたまま、ひたすら吸っている。

「口を上下させて、渚さん」

さらに調子に乗って、フェラを指導する。

童貞のこの俺が、真性童貞から、フェラ経験済み童貞になったとたん、会社のOLにフェラを指導する立場になるとは。

渚が言われるまま、美貌を上下させはじめる。上にあげるとき、頬をぐぐっと窪ませる。

「ああ、いいよ……」

渚がちょっとつらそうな表情を浮かべた。我慢汁が大量に出たのだろう。まずいのだ。

でも、渚には悪いが、そのつらそうな表情に、さらに昂ってしまう。

「うんっ、うっんっ」

渚が美貌を上下させつづける。はやくも出しそうになる。今日も口に出していいのだろうか。それを、渚は望んでいるのだろうか。

「ああ、出そうだよ」

と言ってみる。口で受けたくないなら、美貌を引きあげると思ったのだ。が、渚は、うんうん、うめきつつ、さらに美貌の上下を激しくさせる。

口に受ける気、充分だ。飲む気、充分だ。

「出るよっ、出るよ、渚さんっ」

もう一度言うと、渚が咥えたまま、こちらを見た。その瞳が妖《あや》しく潤んでいるのを見て、雅人は即射精させた。

「おうっ」

「う、うぐぐ……うぐぐ……」

渚の口の中で、雅人のペニスが脈動する。どくどく、どくどくと噴射している。

それを、渚はしっかりと口で受け止めてくれる。なんて愛らしい女性なんだろう。昨日は罪の意識から、口で受けてくれたが、今日は、エッチへの興味から、しゃぶって口で受けてくれている。

脈動が鎮まっても、渚はペニスから美貌を引かない。そのままでいる。

「渚さん……」

渚が美貌を引きあげた。すぐに唇を閉じたものの、ザーメンが大量すぎて、唇からどろりと垂れてきた。

それを渚は手のひらで受け止める。

今日は、雅人は吐いてとは言わなかった。渚が飲む姿を見ようと待つ。

渚は閉じた唇からザーメンをにじませつつ、こちらを見た。ぞくりとくるような女の目になっていた。

渚さんも、こんな目をするんだ、と思ったら、萎えかけていたペニスがぐぐっと上向いた。

渚がこちらを見つめたまま、ごくんと喉を動かした。

飲んだと思った瞬間、びんびんになっていた。

「ああ、雅人さんを……喉とお腹で……感じます」

「そ、そうかい」

感激で、涙ぐみそうになる。

「お掃除、しますね……」

はにかむように、渚がそう言う。

「お、お掃除……」

「ネットで……お掃除するものだって書いてあって……」

頬が羞恥の色に染まる。

「ネットで調べたの」

はい、とうなずく。

「ああ、大きいままですね」

と言って、ピンクの舌をのぞかせる。

どのサイトを見たのか知らないが、お掃除フェラするものだと断言してあるとは、なんて素晴らしいサイトなのだろうか。

ぺろぺろと鎌首を舐めていたが、はあっ、と火のため息を洩らすなり、先端をふたたび咥えこんできた。

「あっ、渚さんっ」

雅人はまた腰をうねらせ、身悶えた。

2

四人部屋に移動となった。里穂と杏樹とふたりがかりで移動させてくれた。

病室を出ていこうとする里穂と杏樹のうしろ姿を眺めていると、

「あんた、誰がタイプかい」

隣のベッドに寝ている男が、いきなりそう聞いてきた。四十代半ばくらいの男だ。その男は両足に包帯を巻かれていた。ベッドの名札を見ると、森谷《もりや》とあった。

「えっ……」

「玲子先生、里穂、杏樹、それにまりん、どれがタイプかい」

「ま、まりん……」

「ああ、あんた、個室から来たんだよな。まりんはまだ知らないのか。まりんはいいぞ。アイドルみたいな顔をしている。たまらないぜ」

「そ、そうですか……」

アイドル顔のナースもいるのか。なんて、素晴らしい病院なんだろう。

「俺は玲子先生がいちばんタイプなんだが、玲子先生は乳首にしか興味がないだろう」

「そ、そうですね」

この男も玲子の乳首責めを受けているのか。もしかして、玲子は入院患者みんなの乳首を聴診器で突いているのか。

「やっぱり、杏樹かな」

「人妻ですね」

思わず、そう答える。

「そうだ。人妻だ。あんたも人妻が好きなのか」

「いや、僕は……あの……」

会ったばかりの男に、里穂がタイプです、と言うのもためらわれた。この男、口が軽そうだから、みんなに、里穂が好きなんだってよ、と言いふらしそうだ。そんなこと、渚の耳には入れたくない。

「里穂か。あんたとは年が近いから、やっぱり里穂がいいか」

「いや、その……」

「はっきりしないやつだな。まあ、決めることもないか。そうだ。まりん、知らないと言っていたよな」

はい、とうなずくと、呼んでやるよ、と森谷が言った。そして、ナースコールのボタンを押す。

そんなに安易にナースを呼んでいいのか。

「安心しな、研修中だから」

と、森谷が言う。どう安心しろというのかわからないが、すぐに、まりんはやってきた。

驚いた。森谷の言うとおり、まさにアイドルだった。くるりとした目がキラキラと輝いている。ナースキャップに白衣が、これまたコスプレにしか見えない。

杏樹の場合は色気がありすぎて、ナースっぽくないが、まりんの場合は、JK色が強すぎて、ナースっぽくなかった。

「どうなさいましたか、森谷さん」

と聞きながら、まりんが隣のベッドに近寄っていく。すらりとしたスレンダーボディで、彼女が入ってきただけで病室が華やいだ。

「ちょっと、腰をずらしてほしいんだ」

「痛みますか」

「ちょっとな」

じゃあ、とまりんが森谷の腰に手を入れていく。前かがみになると、白衣の胸もとがわずかにはだけた。どうやら、胸もとのボタンがふたつはずれているようだ。

まりんはなかなかのバストの持ち主のようで、ちらりと白いふくらみが、雅人の視界にも入ってきた。

真正面で、上体をよせられている森谷は、もろ見えだろう。実際、胸もとをじっと見つめている。

研修中のまりんは、懸命に森谷の腰をずらそうとしている。自分の仕事に精一杯で、胸もとをガン見されていることに気づいていない。

「これでどうですか」

「もっと右に動かせないかな」

はい、とまりんは素直にうなずき、また腰を動かそうと必死になる。

手を動かしたせいか、白衣の胸もとがさらにはだけていく。隣のベッドの雅人からも、ブラからはみ出ている乳房の隆起がはっきりとわかるようになっていた。

森谷は満足そうに口もとをゆるめている。

「これでどうですか」

「ちょうどよくなったよ。ありがとう、長瀬《ながせ》さん」

研修中だからか、礼を言われると、とてもうれしそうな笑顔を見せる。白い歯が眩《まぶ》しい。

「達川さんも、ちょっと腰を移動させてほしいそうだよ」

森谷がこっちを見て、そう言った。

なかなか気が利く男じゃないか。

まりんが雅人を見た。つぶらな瞳で見つめられるだけで、ドキドキする。別に腰はつらくないから、移動させてもらうことに、とても悪いことをしている気になる。

が、いいです、とは言えない。なにせ、はだけた白衣からのぞく白いふくらみが、こちらに迫ってきたからだ。

「達川さんですね。長瀬まりん、といいます。今、研修でこの病院にお世話になっています。短い時間ですけど、よろしくお願いします」

アイドル顔のナース見習いが、雅人に向かって頭を下げる。

すると、はだけた胸もとから、ブラからはみ出ているふくらみが、ぐっと迫ってくる。

雅人は思わず、生唾を飲みこんだ。

「腰、ずらしますね」

と言うと、いきなり、まりんが抱きついてきた。あきらかに、森谷のときとは違う。俺に気があるのかっ、と思ったが、両手もギプスで固定されているため、抱きつくしか腰を動かせないことに気づく。

ちらりと森谷を見ると、うらやましそうな目で見ている。

いいだろう。こっちは抱きつきサービスだぞっ。

すぐそばに、まりんのバストの隆起がある。そこから、甘い匂いが薫ってくる。まりんの肌から立ちのぼっている匂いだ。

「ああ、ううんっ」

まりんの唇から悩ましい吐息が洩れる。感じているのではなくて、両手に力を入れているのだ。

まりんはスレンダーで、雅人は大人の男だ。細腕では簡単に動かせないようだ。おそらく、コツがいるのだろう。見習いゆえに、まだコツをつかんでいないようだ。なかなか苦戦している。

「すみません……」

すぐそばで、まりんが謝っている。おっぱいも近かったが、アイドル並の美貌も近い。

「あ、ああっ……どうしてっ」

と言うなり、いきなりおっぱいを雅人の顔面に押しつけてきた。

雅人の顔面が、まりんの甘い匂いに包まれると同時に、ぷりぷりした感覚に包まれる。

「よしっ」

と、まりんが声をあげる。雅人の身体がわずかに浮き、腰が動いていく。

雅人はここぞとばかりに、乳房から立ちのぼる体臭を嗅ぎ、ぷりぷりの感触を堪能《たんのう》する。

まりんが上体を起こした。

「これで、いいですか」

と聞いてくる。

「えっ……」

なにを聞かれているのか、一瞬わからなかったが、腰だ、腰、と気づき、

「ありがとうございます。楽になりました」

と言った。すると、よかったです、とまりんがこぼれるような笑顔を見せる。

その笑顔にはとても癒《いや》されたが、白衣のボタンがさらにはずれ、ブラに包ま

れたバストがあらわになっているのを見て、雅人は息を呑んだ。

雅人の視線に気づいたのか、まりんが自分の胸もとに目を向ける。

「あっ……ごめんなさいっ。失礼な姿、見せてしまって……」

まりんはあわてて白衣のボタンを留めようとするが、あせっているのか、なかなか留められない。その間ずっと、あらわなブラ姿が、雅人と森谷の視線の餌食《えじき》となっていた。

「あんた、見かけによらず、なかなかやるじゃないか」

まりんが四人部屋から出ていくと、森谷が感心したような顔で、そう言った。

見かけによらない……それは俺が童貞という意味か。童貞顔をしているのか。

「まじめそうな顔して、顔面で白衣のボタンをはずすなんて、なかなかできる芸当じゃないぞ」

まじめそうということか。童貞顔というわけではないようだ。

「たまたまです。でも、ありがとうございました。おかげで、いい思いをさせてもらいました」

「四人部屋は持ちつ持たれつというやつだ。しかし、両手もギプスだとおっぱいを顔に押しつけられるとは思わなかったぞ」

森谷は心からうらやましそうな顔をしていた。

向かい側のふたつのベッドには、六十代くらいの男性と、四十代くらいの男性がいた。ふたりともずっと眠っていた。

3

深夜――宿直ナースが見まわりで姿を見せた。

杏樹だった。個室では、抜いてもらったこともあって、夜はぐっすり眠れていたのだが、やはりはじめての四人部屋ということもあって、なかなか寝つけずにいた。

杏樹がひとつひとつベッドを見まわっていく。寝ていないとまずいかな、と思い、雅人は目を閉じ、眠っているふりをする。

すると、隣のベッドでカーテンを閉じる音がした。

えっ、と目を開くと、森谷のベッドのまわりがカーテンに包まれていた。四人部屋だと、裸にして汗を拭いたり、尿瓶を使うときには、カーテンを閉めていた。

えっ、どういうことだっ。

尿瓶を使うのだろうか。きっとそうだ。いや、違う。小便をする音は聞こえてこない。それどころか、はあっ、と杏樹の甘い喘ぎ声が聞こえはじめた。

なにっ。杏樹と森谷……関係があるのかっ。

カーテンを凝視するものの、そもそも病室はほの暗く、中の様子はわからない。

すると、カーテンの中で、いきなり明かりが浮かびあがった。

影絵のように、杏樹の姿が浮かびあがる。

「えっ……」

杏樹はベッドに上がり、森谷の上に跨《また》がっていた。そして、豊満な乳房を森谷の顔面にこすりつけていたのだ。

杏樹の乳房の曲線が、シルエットとなってはっきりとわかる。

想像以上にたわわなふくらみが、森谷の顔面で押しつぶされている。感じているのか、杏樹があごを反らしている。

「あ、ああ……」

杏樹の喘ぎ声が聞こえてくる。

影絵だけでも、雅人は一気に勃起させていた。

森谷と杏樹はそういう関係なのかっ。

杏樹が起きあがった。そして、今度は森谷の顔面を跨《また》いでいく。白衣の裾をたくしあげるのがわかる。

が、ストッキングを下げる影絵は見えない。そのまま、森谷の顔面に股間を押しつけていく。

「ううっ……」

森谷のうなり声が聞こえてくる。

パンストごしに押しつけているのか、それとも、ストッキングは太腿の半ばまでのタイプで、パンティごしに押しつけているのか。

見たい。たまらなく見たい。

「見たい……」

思わずつぶやいていた。すると、カーテンの隙間《すきま》が開いた。森谷が開けたのだ。

雅人は、あっ、と声をあげていた。

森谷は懐中電灯で、杏樹の股間を照らしていた。薄暗いなか、杏樹の恥部だけ浮きあがっていた。

そう。杏樹の股間は、パンストにもパンティにも覆われていなかった。

杏樹はパンストを穿いてはいたが、股間だけまるく開いていた。いちばん隠すべきところだけを、もろ出しにさせていた。

こんなエロいパンストを穿いて、ずっとナースの業務をやっていたのだろうか。それとも、宿直のときだけ穿きかえたのか。

いずれにしても、今、杏樹の股間はまる出しで、そこを森谷がぺろぺろと舐めていた。

「あ、ああ……」

杏樹がこちらを見た。ただでさえ色っぽい目が発情している。唇は半開きで、そこから甘い喘ぎがこぼれている。

「杏樹さん……」

「ああ、クリ吸って、隆史《たかし》さん」

と、杏樹が言う。どうやら森谷は、隆史という名らしい。

森谷が首を伸ばし、杏樹の恥部に吸いついていく。

「あ、ああ……ああ……」

杏樹が腰をくねらせる。舐められている恥部だけが、薄暗いベッドの上で浮きあがっている。

「私も……舐めたくなってきたわ」

そう言うと、杏樹が森谷の上で身体の向きを変えていく。すると、下半身だけしか見られなくなる。

「ううっ」

森谷がうなった。杏樹がしゃぶりついたようだ。シックスナインだ。

なんてことだ。でも、シックスナインなら、両手両足をギプスで固定されている自分でも可能だと知る。

シックスナイン。渚にしてもらいたい。今の渚なら、承諾してくれるのではないのか。雅人のザーメンを二度も口で受け、そして体内に摂取して、女として開花しつつある。

あらたな刺激を望んでいるはずだ。でも、そうなると個室がよかった。また個室に戻れないだろうか。

いや、そうでもないか。今、目の前で、森谷はナースとシックスナインをやっているのだ。

「う、ううっ、うう……」

杏樹の恥部から顔を引き、森谷が上半身をくねらせる。かなり濃厚なフェラを受けているようだ。

「見たい……杏樹さんのフェラ顔、見たい」

そう言うと、森谷が自分のほうのカーテンを閉めた。そしてすぐに、杏樹のほうのカーテンが開いた。

森谷のペニスをしゃぶっている杏樹の横顔が見えた。が、薄暗い中でぼんやりとしか見えない。すると、杏樹が背後に手を伸ばした。そして、その手を自分の顔の横に持ってくる。

その手には、懐中電灯が握られていた。

ぱっと杏樹のフェラ顔が浮かびあがる。

「おうっ」

思わず声をあげてしまう。まずい、と向こう側のふたつのベッドを見る。ひとつはカーテンで囲まれていて、もうひとつはそのままだったが、寝ていて変化はない。

「うんっ、うっんっ」

杏樹は自分のフェラ顔に明かりを当てつつ、貪《むさぼ》るようにしゃぶっている。しかも、挑発するように雅人を見つめていた。

なんてエロいナースなんだっ。杏樹は人妻だと言っていた。これは不倫じゃないのかっ。しかも、相手は入院患者だ。

でもそれだからこそ、興奮するのだろう。こちらを見る杏樹の目の光りは尋常ではない。発情した牝《めす》の炎が宿っていた。

杏樹が唇を引いた。舌を出し、れろれろと鎌首を舐めてみせる。そのたびに、ぴくぴくとペニスが動く。

「ああ、おま×こに欲しくなったわ」

雅人を見ながら、杏樹がそう言う。

「私のどこが見たい？」

杏樹が隣のベッドから聞いてきた。

「えっ……」

「ち×ぽが入るおま×こかしら。それとも、よがり顔、それとも、揺れるおっぱいかしら」

懐中電灯はひとつしかない。それで、そのどこかを明るく照らしてあげると言っているのだ。

もちろん、雅人のためではない。自分がより興奮するためだ。

どっちがいいのかっ。

雅人は真剣に悩む。杏樹のよがり顔も見たいけど、やっぱり、ち×ぽが出入りするおま×こか。どうしようっ。

4

「じれったいわね」

杏樹は身体の向きを変えると、懐中電灯を右手で股間に当てたまま、左手で唾液まみれのペニスをつかんだ。そして、濃いめの茂みに覆われた恥部へと導いていく。

ヘアが濃いため、割れ目がよく見えない。茂みに先端が触れた。ずぶりと入っていく。

「あうっ……」

閉じられたカーテンから、杏樹の声が聞こえる。

雅人は懸命に頭だけ起こして、森谷のペニスがどんどん呑みこまれている淫《みだ》ら絵を見つめる。

吸いこまれるように、森谷のペニスが杏樹の中に消えていく。あっという間にペニスは消えて、杏樹のヘアと森谷の剛毛がからみつく。

「ああ、硬いわ……今夜もすごく硬いわ、隆史さん」

すべてを呑みこんだ状態で、杏樹が腰をうねらせはじめる。濃いめのヘアと剛毛が強くこすれ合う。

「あ、ああ……」

カーテンごしに、火の喘ぎが聞こえる。

繫《つな》がっているところを見るのは興奮するが、なにせ、こすり合っている毛しか見れず、もどかしくなる。

すると、そんな雅人の気持ちを察したのか、さすが人妻というべきか、それともたまたまか、杏樹が腰を上下に動かしはじめた。

杏樹の陰りから森谷のペニスがあらわれる。杏樹の愛液でねとねとだ。

それが懐中電灯の光を浴びて、淫らに絖光っている。

杏樹は鎌首が出そうなところまで引きあげ、そして、すべてを咥えこんでいく。それをくり返す。が、割れ目が見えているわけではないので、やはりもどかしい。

「あ、ああ……ああ……どうかしら」

カーテンごしに聞いてくる。

「もっと、はっきり見たいです。毛が邪魔ですっ」

見えているのに、見えていないもどかしさに、思わずそう言ってしまう。

「あら、私の毛が濃いって、ディスってるのね。童貞のくせして生意気ね」

そう言うと、懐中電灯を消した。いきなり薄暗くなり、はっきり見えなくなる。

「すみませんっ、杏樹さんっ。懐中電灯、点《つ》けてくださいっ」

割れ目の出入りが見えていたわけではないが、なにも見えなくなると、泣きたくなる。

杏樹はもう懐中電灯を点けなかった。が、エッチをやめたわけではない。カーテンの向こうから、

「あっ、ああんっ、はあっ、あんっ」

という甘い喘ぎ声が聞こえている。それが大きくなってくる。

でも、なにも見えない。

「すみませんっ。見たいですっ。ああ、見たいですっ、杏樹さんっ」

雅人は思わず起きあがろうとする。すると、足に激痛が走った。

「あうっ、痛いっ」

声をあげると、喘ぎ声がやみ、杏樹が隣のベッドから出てきた。ナース魂がエッチの快感に勝ったようだ。

懐中電灯の明かりを点けて、

「大丈夫かしら」

と、雅人の顔をのぞきこんでくる。

「あら、すごく痛むのかしら」

「えっ」

「だって、目がうるうるしているじゃない」

「これは……その……足の痛みじゃなくて……その……杏樹さんのあそこが見えなくなって……」

「あら、見えなくなって、泣いていたのね。童貞くんはかわいいわね」

と、杏樹が言うと、

「あんた、童貞かいっ」

森谷が大声をあげる。向かいの入院患者が起きやしないかとドキドキするが、股間まる出しの杏樹は余裕でいる。

「そばで見たいかしら」

「えっ……」

「だから、私のおま×こ」

「見たいっ、見たいですっ」

「毛が邪魔でよく見えないのよね」

「すみませんっ、さっきはっ」

「いいのよ。童貞くんの涙に免じてゆるしてあげる」

と言いつつ、杏樹が今度は雅人のベッドに上がってきた。そして、雅人の顔面をストッキングに包まれた足で跨いだ。そして、懐中電灯の明かりを、そこだけ剝き出しの股間に当てた。

「あ、ああ……」

雅人は惚《ほう》けたような顔で、杏樹の恥部を見あげる。

やっぱり濃いめの毛が邪魔だ。割れ目を見たい。おま×こを見たいんだっ。

杏樹が膝を曲げた。人妻ナースの剝き出しの恥部が迫ってくる。が、まだ濃いめの毛が邪魔をして、なにも見えない。

が、いきなり毛の奥から、ピンクの粘膜があらわれたのだ。

「あっ」

まわりが黒いだけによけい、いきなりあらわれたおんなの粘膜のピンク色が、とても鮮やかに浮きあがって見えた。

「お、おま×こっ、ああ、これ、おま×こですよねっ」

と、雅人は馬鹿なことを聞いてしまう。

「そうよ。これがおま×こよ、童貞さん」

杏樹がさらに腰を落としてくる。さらに割れ目がぱくっと開き、発情しているおんなの粘膜が、雅人の鼻先にまで迫ってくる。

それと同時に、むせんばかりの牝の匂いが雅人の顔面を包んでくる。

「ああ、おま×こ、おま×こっ、ああ、おま×こっ」

雅人は生身のおま×こを前にして、情けない声をあげる。

「お口に欲しいかしら」

「欲しい、欲しいですっ」

ほら、と杏樹が雅人の顔面に媚肉を押しつけてきた。ぬちゃり、と淫らな音がする。

小鼻に愛液の匂りを覚える。杏樹はぐりぐりとおま×こをこすりつけてくる。

「う、ううっ、ううっ」

雅人は顔面おま×こ責めにあい、うなりつづける。もちろん、ペニスはびんびんだ。

そうだっ。シックスナインっ。俺もシックスナインをっ。

「シッ……うう……ナイン……ううっ、クス……ナインを……」

「なにかしら。聞こえないわ」

と言いつつ、さらさに強く、おま×こを顔面にこすりつけてくる。鼻だけではなくて、頬や口のまわりも愛液まみれになっていく。

「うう、シックス……うう、ナインをっ、おねがいしますっ」

「森谷さん、ちょっと童貞くんのおち×ぽ、いいかしら」

「いいよ。その年で童貞はさぞかしつらかっただろうに」

と、森谷に同情される。

杏樹はぐりぐりこすりつけたまま、身体の向きを変える。そして、入院着のズボンを下げる。

「あら、いつの間に、セクシーなブリーフに着がえているのかしら」

薄暗い中でも、シルクのブリーフのエロさはわかるようだ。

「ああ、あの子ね。清純そうな、会社の子ね」

「へえ、そんな子がいるのかい。童貞だって、同情して損したぜ」

と、森谷が言う。明日、渚は見舞に来るだろう。おそらく、いや間違いなく、森谷は渚を性的対象のような目で見るだろう。

渚を森谷の視線の餌食にさせたくないが、しかし、今夜、こうしておま×こを顔面で感じることができているのは、森谷のおかげである。

「童貞くん、里穂か会社の清純派か、どっちで童貞卒業するのか迷っているのよ。ねえ、そうでしょう」

「いや、そんなこと、ありませんっ……そもそも、里穂さんも渚さんも、僕のことなんて相手にしてませんっ」

「あら、どうかしら」

と言いつつ、杏樹がシルクのブリーフを下げる。すると、弾けるようにペニスがあらわれる。

「すごい我慢汁ね」

杏樹がすぐさま、鎌首にしゃぶりついてくる。

「あうっ、ううっ……うう……」

隣に森谷がいるが、情けない声をあげてしまう。

「渚っていうのかい。明日、紹介してくれよな、童貞くん」

森谷がにやにやしつつ、こちらを見ている。森谷の前でいかにも童貞っぽい情けない声を出したくはないが、童貞ゆえに、声を出さずにはいられない。

杏樹がペニスの根元まで咥えて、吸っていく。

「あ、ああっ……」

「あんた、ひとりでうめいてばかりいないで、杏樹を責めないとだめだぞ」

と、森谷に言われ、すみません、とつい謝ってしまう。

すると、杏樹が剝き出しの恥部を、ふたたび顔面に押しつけてくる。

「う、ううっ」

顔面がさらに濃い牝の匂いに包まれ、くらくらする。

「クリだっ、クリを吸え」

と、森谷の声が聞こえる。

そうだ。クリだ、クリっ、と雅人は顔面をふさがれている中で、杏樹の急所を探す。が、鬱蒼《うっそう》とした茂みの中で探すのは難しい。そもそも、目の前は茂みしか見えない。

かといって、両手を使えないため、腰を押しあげて見ることもできない。

「ちょ……う、うう……上げて……うう、ください」

ちょっと腰を上げてください、と頼むが、うめき声にしかならない。が、森谷が、

「杏樹、クリを童貞くんの口に押しつけるんだ」

と、的確な指示を送ってきた。杏樹は雅人のペニスにむしゃぶりついたまま、クリトリスを口に押しつけてきた。

雅人はそのとがった肉芽を口に含むと、吸っていった。

「ああっ、いいっ」

杏樹がペニスから顔をあげて、叫んだ。

「おいっ、声がでかいぞ、杏樹」

森谷が心配する。

「あ、ああっ、だってっ、ああ、童貞くんの吸いかた……ああ、上手なの」

えっ、そうなのか。ただ吸っているだけだが、うまいのかっ。

「へえ、そうかい。やるじゃないか、童貞くん」

童貞くんはよけいだ。

うまいと褒められて、悪い気はしない。雅人は調子に乗って、じゅるじゅると杏樹のクリトリスを吸う。

「あっ、ああっ、いい、クリいいっ」

また杏樹がペニスから顔を上げて、甲高い声をあげる。いい、いい、叫びつつ、ぐいぐいペニスをしごいてくる。

「う、ううっ……うう……」

雅人はうめきつつも、懸命にクリトリスを吸いつづける。割れ目もそばにあり、おま×こも舐めたかったが、今、少しでも口をずらすと、二度とクリトリスを吸えない気がして、クリ責めに徹する。

「あ、ああっ、いきそう……ああ、達川さん、いきそうっ」

なんと杏樹が舌たらずな声で、そう訴えてくる。

「こっちも……う、ううっ……うう、です」

こっちもいきそうです、と応《こた》えるも、うめき声にしかならない。杏樹はさらにぐりぐりと恥部を雅人の顔面に押しつけている。

「童貞くんのち×ぽを咥えないと、シーツを汚すぞ、杏樹」

またも森谷がナイスな指示を出す。

杏樹がしゃぶりついてくる。うんうんうなりつつ、ペニスを貪り食う。

「う、ううっ、ううっ」

出そうですっ、出そうですっ、杏樹さんっ。

「ああ、いきそう……あ、ああっ、い、いく、いくいくっ」

またも顔を上げるなり、杏樹がいまわの声をあげた。

俺が杏樹をいかせたっ、と思ったとたん、射精した。まずいっ、と思ったが、出る寸前で咥えこまれていた。いきながらも、シーツを汚してはいけないという意識は強かったようだ。

「うう、うう、ううっ」

雅人は、おうおう、おうぅっ、と雄叫びをあげつつ、杏樹の喉へとぶちまけていった。

渚の口に出したときとは、また喜びが違っていた。女をいかせたという満足感も重なって、快感が倍加していた。

脈動が止まらない。杏樹の喉にザーメンを注ぎつづける。

「う、うう……うう……」

杏樹はすべて喉で受け止めてくれる。なんて素晴らしいナースなのか。まさにナースの鏡である。

ようやく脈動が鎮まり、杏樹が顔を引いた。

「こっちも頼むぞ、杏樹」

と、森谷が言うと、杏樹はごくんと飲みつつ、雅人のベッドを降りて、森谷のベッドに戻った。そしてすぐさま、森谷の腰を跨ぎ、天を衝《つ》いたままのペニスをつかむと、女上位で繋がっていった。

「あぁっ、いいっ、おち×ぽ、いいっ」

杏樹が喜悦の声をあげて、腰を振りはじめる。

「ああ、おま×こいいぞっ、ああ、童貞くんっ、やっぱりおま×こいいぞっ」

森谷が雅人を見ながら、そう言う。

「おち×ぽ、いいっ、ああ、たまらないっ」

と叫んで、杏樹が腰をうねらせる。

たった今、杏樹の口に出したペニスがうらやましそうにぴくぴく動く。

雅人はとてもいい思いをしたが、いまだ童貞だった。そのこと自体が信じられなくなる。どうして、まだ童貞なのだろう。

「おま×こ、おま×こっ」

「おち×ぽ、おち×ぽっ」

森谷と杏樹が叫びつづけた。

そんなふたりを、雅人は指を咥えて見ていた。

第四章　濃厚なベロチュー

1

「朝食です」

と言って、見習いナースのまりんが、朝食を載せたワゴンを運んできた。

雅人の向かいのふたりの前に出し、そして森谷の前にも出す。

「達川さんは、私がお手伝いさせていただきます」

雅人は思わず、まりんの胸もとを見る。残念ながら、今日はきっちりと上までボタンで閉じられていた。

雅人の視線に気づいたのか、まりんが頬を赤らめる。そんなまりんがなんともかわいいし、かわいいと思えるような余裕が出てきていることに、雅人はおのれの成長を実感する。でも、童貞のままだ。

まりんがパンをちぎり、口に持ってくる。あーんと言ってくれ、と念じるが、さすがに言ってはくれない。

口を開くと、パンを入れてくれる。

「あっ、バターつけるの忘れてました」

ごめんなさい、と舌を出す。かわいい。やはり、この病院は極楽だ。次から次へと魅力的なナースがあらわれ、雅人の世話を焼いてくれる。これも、両手両足を骨折しているからだ。

両手が動く森谷は、まりんに食べさせてもらっている雅人をなんともうらやましそうに見ている。　昨夜の逆だ。

昨夜は、杏樹を連続三回いかせたあと、たっぷりと中出ししていた。

——杏樹はうちのお隣さんなんだ。

お掃除フェラをして、杏樹が四人部屋を出ていったあと、森谷がそう言った。

——お隣さんって、隣に杏樹さんが住んでいるんですかっ。

——俺は事故にあって、この病院に運びこまれたんだが、あらわれたナースを見て驚いたよ。お隣の奥さんが看護師をしているのは知っていたんだが、まさか、患者として会うとはな。

――杏樹の旦那《だんな》、出張ばかりしていて、あっちがかなりご無沙汰のようなんだよ。

杏樹は隣の旦那と不倫していることになる。

「スープ、どうぞ」

と、まりんが口もとにカップを運んでくれる。

「熱いかも」

と言うと、ごめんなさい、と言って、まりんがふうふうしてくれる。

俺のためにスープを冷ますため、アイドルがふうふうだ。このままずっと入院していたい。

「これでどうですか」

と言って、カップをあらためて口につけてくれる。スープを飲む。その姿を、まりんがすごく間近で見つめている。なんか恋人同士のようだ。

極楽の朝食タイムが終わると、

「お小水、しますか」

と、まりんが聞いてくる。します、しますっ、とうなずく。じゃあ、とまりんがカーテンを閉める。すると、とたんに密室の感じになる。

まりんがベッドの下から尿瓶を取り出す。そして、入院着のズボンを下げていく。黒のシルクのブリーフがあらわれる。

やはり、黒のシルクはいい。確かにセクシーだ。ほら、どうだい、まりん、と見せつけたくなる。白だと、ダサくて恥ずかしいだけだった。

ありがとう、渚。

「このブリーフ、素敵ですね」

と、まりんが言う。

「そうかい……」

ブリーフの中でペニスがぐぐっと盛りあがってくる。

まりんがブリーフに手をかける。里穂や杏樹は淡々と下げるだけだが、やはり研修ナースは違う。まだ、恥じらいというものが残っている。

なかなかすぐ脱がせない。そこがいい。恥じらいは里穂や杏樹も忘れないでほしい。まあ、患者を脱がせるのに、いちいち恥じらっていては仕事にならないだろうが。

やっと、まりんがブリーフを下げた。びんびんなったペニスが弾けるようにあらわれる。

「あっ、大きいです……これだと、お小水、できません」

まりんが困ったような表情を浮かべる。

渚みたいに視線をそらすことはなかったが、頬を赤らめている。

「小さくなりませんか」

まりんが聞いてくる。

「小さくなるには、出さないとだめなんだ。知っているだろう」

「知りません……」

まりんがかぶりを振る。まりんも処女なのだろうか。

「困りました……」

出してくれないかな、と言いそうになるが、我慢する。

まりんは、ちょっと待っていてください、と言うと、カーテンの外に出ていった。

雅人は勃起させたペニスを剥き出しのまま、放置される。まりんはどうするつもりなのだろうか。抜くために、ローションでも持ってくるのか。

いつもの放置プレイとは違い、期待で胸がふくらみ、ペニスがひくつく。

すぐに、まりんが戻ってきた。先輩ナースを連れていた。里穂だった。

「小さくするには、どうしたらいいんでしょうか」

勃起させたペニスを前にして、まりんがまじめな顔で里穂に聞く。

「まりんちゃんでも大きくさせているんですね。私のときだけかと思っていました」

里穂が軽蔑したような目を向ける。

「い、いや、違うんだよ……つい……」

「つい、大きくさせたんですか」

と言って、里穂がぴんとペニスを指で弾いた。

「ううっ」

不意をつかれ、激痛に雅人はうめく。

「大丈夫なんですか、里穂さん」

「大丈夫よ。まりんちゃんも弾いてあげなさい。すぐに小さくなるから」

どうやら、まりんで大きくさせていることに、かなり怒っているようだ。この前も渚のことで、機嫌を悪くさせていた。

やはり、里穂は俺に気があるのかっ。

考えづらいが、そうとしか思えない。

「おち×ぽを大きくさせる患者は、こうして弾くがのいちばんなの」

と言いつつ、さらにぴんぴんと里穂が鎌首を弾く。

「う、ううっ」

「なんか、痛そうですよ」

「これくらいがいいのよ」

「そ、そうなんですか」

まりんは心配そうに雅人を見ている。

「さあ、まりんちゃんもやってみて」

失礼します、と言って、まりんが鎌首をぴんと弾いた。

「ううっ」

激痛が走り、雅人はうめく。

「ほら、小さくなってきたでしょう」

あまりの痛さに、勃起の度合が下がっていく。

「本当ですね」

「じゃあ」

里穂が雅人をにらみつけ、出ていった。いや、気があるどころか、逆に嫌われているのでは……ペニスの疼きに、あぶら汗をにじませつつ、雅人はそう考え直した。

2

昼下がり――渚が四人部屋に顔を出した。

「おいっ、あの子が彼女かいっ」

隣の森谷がうらやましそうな声をあげる。

「彼女じゃないですよ」

と言いつつも、雅人はまんざらでもない。

「こんにちは」

渚が雅人のベッドに近寄り、頭を下げた。さらさらの黒髪が胸もとへと流れていく。

「こちらは、森谷さん。ここに来て、お世話になっているんだ」

すぐさま、雅人は森谷を紹介した。本当は紹介したくなかったが、この四人部屋で森谷にへそを曲げられると、なにかと過ごしづらくなる。それに、昨晩のお礼もあった。

「小島渚といいます。達川さんの後輩です。私のせいで、達川さん、骨折してしまって……」

と言うなり、つぶらな瞳に涙をにじませる。

「なるほど。そういうことかい。せいぜい、達川さんに尽くすことだな」

と、森谷が言い、

「尽くさせていただきます」

と、渚も応える。

今日の渚は黒のジャケットに白のブラウス、そして黒のパンツ姿だ。

「ブリーフの替え、持ってきました。着がえましょうか」

と、渚が言う。

「うらやましいなあ。彼女から、ブリーフのプレゼントかい」

と、森谷が言う。

渚は、彼女と言われても、違います、とは言わない。優美な頬を赤らめて、もじもじしている。

えっ。もしかして、渚、俺の彼女になってもいいと思っているのっ。そうなのっ、と渚を見る。目が合うと、さらに愛らしい顔を赤らめて、視線をそらす。どこからどう見ても、脈ありの目つきだ。

「さあ、カーテンを閉めて、着がえさせてやりな」

と、森谷が言う。なんて素晴らしい隣人なのだ。隣人に恵まれるとはこういうことか。

「カーテン……ああ、なるほど」

カーテンに気づいた渚が、じゃあ、と閉める。三方をカーテンに囲まれたとたん、密室の感じになる。

「ああ、なんか、悪いことしているみたいですね」

と言って、舌を出す。

かわいいっ。かわいすぎる。もともと惚《ほ》れているが、さらに惚れる。

「じゃあ、ブリーフ、替えますね」

と言って、入院着のズボンを下ろしていく。三度目ということもあり、慣れた感じで下げていく。とうぜん、黒のシルクブリーフはもっこりしている。

それだけではなく、鎌首が当たっているところは沁みになっていた。

「ああ、汚れていますね。替え、持ってきてよかったです」

と言い、渚がブリーフを下げる。ぴんと弾けるようにペニスがあらわれる。

なにせ、今日はまだ一度も抜いていない。当たり前だが、この病院にいると、日に二発くらい出すのが普通になりつつある。

渚は勃起したペニスから視線をそらし、ブリーフを下げていく。が、すぐに視線をペニスに向ける。

ブリーフを脱がせた。替えのブリーフを袋から出す。今日は、紫のシルクだった。

「紫だね」

「あっ、なんかエッチすぎましたか」

渚が聞いてくる。

「いや、いいよ。紫、好きだよ」

「雅人さんにぜったい似合うと思って……紫のブリーフを穿いた雅人さんを見たくて、買ってしまいました」

と言って、また頬を赤らめる。

もう、だめだっ。渚が俺のことを好きだという証《あかし》が欲しいっ。

「渚さんっ」

名前を呼ぶ。

「は、はい……」

紫のブリーフを手にしたまま、渚がこちらを見る。

「あの……その……」

キスしたかった。本来なら、抱きよせてキスか、あごを摘まんでキスするところだったが、なにせ両手両足は動かせない。でも、キスしたかった。

フェラも口内発射も経験していたが、キスはまだ知らない。ファーストキスはなにがあっても渚としたい。

なにかの拍子に杏樹に奪われる前に、ファーストキスを渚でやり遂げておきたい。

「あの……」

いざとなると、キスしたい、とは言えない。こういうものは、流れでやるものだろう。キスしたい、どうぞ、という感じではないだろう。

でも、もう渚は俺のち×ぽをしゃぶっている。ザーメンも飲んでいるのだ。キスしたい、と言っていいのでは。

「なんですか。なんでも言ってください。なんでもしますから」

と、渚が言う。

だめだ。これは骨折させた罪の意識から、なんでもすると言っているのだ。

そうじゃないっ。罪の意識でキスするんじゃなくて、俺への思いが募って、思わずキスしてしまった、という展開がいいのだ。

なら、そもそも、キスしたい、と言ってはいけない。でも、こちらから言わないと、ぜったいキスはないだろう。

「あ、あの……」

渚がこちらによってきた。

「なんだい」

「あの……その……ごめんなさい」

と言うなり、渚が美貌をよせてきた。

あっ、と思ったときには、唇を奪われていた。

えっ、うそっ、今、重なっているっ。渚の唇が俺の口に重なっているっ。

渚の美貌がめちゃくちゃ近い。睫毛《まつげ》が長い。くなくなと唇を押しつけている。

開くのか。そうだっ。開くんだっ。

雅人が唇を開くなり、ぬらりと渚の舌が入ってきた。

あっ、と思ったときには、舌がからんできていた。

渚さんっ。

渚は甘い吐息を洩らしつつ、積極的に舌をからめてくる。どうやら、ファーストキスではないようだ。残念だったが、これだけの美女が処女であるだけでも貴重なのだ。

しかし、なんて唾液が甘いのだろうか。舌と舌をからませるのが、こんなに気持ちいいなんて。

抱きしめたいと思い、両手を動かそうとする。が、動かない。それがたまらなく、もどかしい。

もう、痛みはなかった。玲子先生が、もうすぐ両手のギプスは取れると言っていた。

そうなると、明日にも、両手は自由になるだろう。

揉《も》めるっ。渚のおっぱいをこの手で揉めるんだっ。

「う、うんっ、うう……」

渚が火の息を吹きこみつつ、舌をからめつづける。

そして、はあっ、と息つぎをするかのように、唇を引いた。

「ああ、雅人さんのキス……激しいです」

と言って、唇の端についている唾液を小指で拭う。その仕草に、女の色気を覚え、ぞくりとする。

「ごめん……はじめてなんだ」

なぜか、すらりとファーストキスと言えた。

「えっ……はじめて……私とが、今が、はじめてのキスっていうことですか」

渚が目をまるくさせる。三十にもなってファーストキスなんて、引かれるかと思った。

「ああ、信じられません……雅人さん、モテそうなのに……」

えっ、俺がモテそうっ。それはないっ。

やっぱり、自分のせいで骨折させてしまった、という罪の意識が渚には強い。だから、雅人がとてもいい男に見えているのだろう。

「素敵です……」

と言って、はあっ、と火のため息を洩らす。

「す、素敵……」

引かれると思ったが、逆だった。

「だって……三十になるまで、キスしたいという女性があらわれなかったんですよね……女なら誰でもいいからキスしたいと思って、キスする男性もいるじゃないですか。でも、雅人さんは違うんですね。素敵です」

雅人だって、誰でもいいからキスしたいという時期もあった。が、そのときも、キスできる女性がそばにいなかっただけだ。別に信念を持って、この年までキスしなかったわけではない。

が、雅人は、私を助けてくれた人、とてもいい人、という気持ちが入っている渚には、三十男のファーストキスさえ、素敵に解釈できるようだ。

「ああ、私がファーストキスの相手なんて光栄です」

と言うと、ふたたび渚のほうから唇をよせてきた。まあ、雅人のほうからはキスできない状況だったが。

ちゅっと啄《ついば》むようにキスしたあと、ぬらりと舌を入れてくる。ねちゃねちゃと、舌と舌とがからまる。

ああ、抱きしめたいっ。キスしつつ、おっぱい揉みたいっ。

「あっ、すごい我慢のお汁」

唇を引くと、渚が股間に移動していく。渚の唇が離れていく。が、すぐに、その唇は鎌首に押しつけられる。

「ああっ」

ペニスの先端から電撃が走り、雅人はうめく。

「痛かったですか」

唇を引いて、渚が聞いてくる。ピンクの唇が絖白く光っている。

「いや、逆だよ。気持ちよくて、つい……」

「うれしいです」

渚ははにかむような笑顔を見せて、先端にしゃぶりついてくる。

フェラも積極的になっている。

キスにフェラ。これってやっぱり、恋人同士だよな。これってやっぱり、渚は俺のことが好きなんだよな。

すでに濃厚なキスをしていたが、でも信じられない。

好きって言葉が聞きたい。

これは、こちらから言えばいいのか。でも、なんか誘導しているような感じもする。でももう、渚からキスしてきたんだ。俺が好きなのは間違いないだろう。

でも、言葉を聞きたい。雅人さん、好きです、という渚の言葉を。

渚の唇がぐぐっと下がってきた。ペニス全体が渚の口の粘膜に包まれる。

「ううっ」

雅人はうめく。腰をくなくなさせる。ち×ぽがとろけそうだ。

「うんっ、うっんっ、うんっ」

渚が美貌を上下させる。本格的なフェラだ。ネットで勉強してきたのだろうか。

俺も舐めたい。舐められるだけではなく、俺も渚を気持ちよくさせたい。

「渚さん、おねがいがあるんだ」

なんですか、と渚はペニスを咥えたまま、こちらを見る。

「僕も渚さんを気持ちよくさせてあげたいんだ」

えっ、という目で見つめてくる。

3

「ああ、ごめんなさい。気づかなくて……」

「えっ」

「わかりました」

と言うなり、渚はジャケットを脱いだ。上半身、白のブラウスだけになる。

それだけで、雅人のペニスがひくつく。ブラウスの胸もとはぱんぱんに張っている。気のせいか、ここ数日で、ひとまわり大きくなった気さえする。

渚がブラウスのボタンをはずしはじめる。

ああ、渚が自分からおっぱいをっ。

ネットで変な知識を入れたのだろうか。きっとそうだ。男はおっぱいを欲しがるものだとか書いてあったのではないか。素晴らしいサイトで勉強していると言える。

ブラウスからバストの隆起があらわれる。フルカップのブラで包んでいて、今にも弾け飛びそうだ。

ブラウスのボタンをすべてはずすと、手から抜いていく。

「ああ、やっぱり、恥ずかしいですね……」

カーテンに囲まれた中で、M製菓のマドンナがブラとパンツだけになった。

もう、この姿を見ているだけで、満足したと言ってもいい。

が、渚はブラも取ってくれるのだ。雅人におっぱいを舐めさせるために。

渚が両手を背中にまわした。ホックをはずしたっ、と思ったとたん、ブラカップが豊満なふくらみに押されるようにまくれていった。

「おうっ」

渚の乳房の全貌を目にして、雅人はうなった。

渚のおっぱいは、見事なお椀《わん》形だった。乳輪は小さく、そこに乳首が埋《うず》まっている。

「だめ……」

渚がすぐに両手で乳房を抱き、乳輪と乳首を隠した。

「ああ、恥ずかしいです……雅人さん、ずっとおち×ぽ出していて、恥ずかしくないんですか」

と聞かれる。

「えっ、いや、そうだね……恥ずかしいよね……」

「ああ、ごめんなさい。いろいろ気づかなくて……」

と謝りつつも、勃起したままのペニスはそのままでいる。

「おっぱい、舐めさせてくれるんだね」

と聞くと、渚はこくんとうなずく。そして、雅人の顔面のそばに、上半身をよせてくる。

雅人が乳房のほうを向くなり、渚が両手を解《ほど》いた。ぷるんっとたわわに実っている乳房が揺れる。

そして揺れつつ、迫ってきた。

雅人の視界がおっぱいだけになった瞬間、ぐにゅっと押しつけられた。

「う、うう……」

ぷりぷりとした感覚に、雅人はうなる。

「ああ、恥ずかしい……ああ、消えてしまいたいです」

と言いつつも、渚はぐりぐりと豊満なふくらみを押しつけつづける。

乳首だ、乳首を舐めるんだ、と雅人は乳首を探そうとするが、視界が乳房でいっぱいで、よくわからない。

舌を出して、乳房を舐める。すると、ひゃあっ、と声をあげて、渚が乳房を引いた。

乳首が見えた。さっきとは違い、わずかに芽吹いている。

雅人はそこにしゃぶりついた。芽吹いた乳首を口に含み、じゅるっと吸う。

「あっ……だめです……」

渚が乳房を引いた。首を伸ばして追うも、届かない。こうなると、雅人はどうすることもできない。

恨めしげに、渚の乳首を見あげるだけだ。それは、透明がかったピンク色をしていた。まさに、ピュアな乳首だ。雅人の理想の乳首が、目の前にあった。

「ああ、そんな恨めしそうに見ないでください」

「舐めたい、舐めたいよ、渚さん」

「は、はい……私なんかの乳首でよかったら……ああ、好きなだけ、舐めてください……」

そう言うと、乳房を下げてくる。乳首が迫ってくる。

雅人はふたたび、渚の乳首にしゃぶりつく。じゅるっと吸うと、

「はあっ、ああ……」

渚が甘い喘ぎを洩らす。けっこう敏感な反応だ。

「ああ、こっちも舐めたいですよね」

と言って、渚が右の乳房をずらして、左の乳房を雅人の口もとに持ってきてくれる。こちらの乳首はまだ芽吹いていない。

雅人はそこにもしゃぶりつくと、舌先で乳輪を掘り起こすように突いていく。

「はあっ……ああ……」

渚が火の息を洩らし、強く押しつけてくる。雅人の口の中で、左の乳首も芽吹いてくる。

それを雅人は吸っていく。

「あ、ああ……雅人さん……」

できれば、左の乳首を吸いつつ、右の乳首をいじりたい。

ああ、明日、ギプスが取れますようにっ。

でも、ギプスが取れると、もう、まりんから朝食を食べさせてもらうことはできなくなる。でも、おっぱいを、このおっぱいを思いっきり揉んでみたいっ。

渚が上体を起こした。乳首が離れていく。どちらの乳首も、雅人の唾液でねとねとになっている。

「ああ、なんか、身体がすごく熱いです……ああ、渚、お見舞に来るたびに、エッチになっている気がします……ああ、こんな渚のこと、嫌いにならないでくださいね」

「まさか、好きだよっ」

いきなり、告白してしまう。

「えっ」

「渚さんのこと、前からずっと好きだったんだよっ」

カーテンで仕切られたベッドの上で、我慢汁だらけの鎌首をあらわにさせたまま、雅人は告白した。

「ああ、そんな……」

渚が困惑の表情を浮かべる。

やっぱり、キスしてくれたのは罪悪感からだったんだっ。俺のこと、好きなわけではないんだっ。

「ああ、熱いです……すごく熱いです」

と言って、右の手のひらで美貌をあおぐ。そのたびに、たわわに実った乳房が悩ましく動く。

渚、私も好きですって言ってくれっ。はやく言ってくれっ。

「あっ、我慢のお汁がすごいです」

と言って、渚は下半身へと移動するなり、すぐさま、ぺろりと先端を舐めてきた。

「ああ……」

もちろん、渚の我慢汁舐めは最高だったが、今は、なにより、私も好きです、という言葉が聞きたかった。舐めることに口は使わず、告白することに使ってほしい。

渚は唇を開くと、ぱくりと鎌首を咥えてきた。くびれまで咥え、じゅるっと吸っていく。

「う、うう……」

この数日で、渚はうまくなっていた。こちらを見ることなく、懸命に鎌首を吸っている。

「あ、ああ……渚さん……」

鎌首だけを吸い取られそうで、雅人は腰をくねらせる。

渚はそのまま胴体まで唇を滑らせてくる。うう、とうめきつつ、根元まで咥え、そして吸いあげていく。

ただ吸いあげるのではなく、根元を上下動に合わせて、しごきはじめる。

「あ、ああ、そんなことされたら……あ、ああ、出そうだよ……」

雅人がうめくなか、渚はひたすらペニスに刺激を与えつづける。

「ああ、ああっ、出そうだっ」

出るっ、と思った瞬間、渚はさっと唇を引いていた。

そして、雅人をじっと見つめている。

渚さん……好きです、と言ってくれるのか、と期待して見つめる。が、渚はふたたび、ペニスにしゃぶりついてくる。

激しく美貌を上下させる。すぐにまた、出そうになる。

「あ、ああっ、もうだめだっ」

出るっ、と思った瞬間、またも渚は美貌を引く。ぎりぎりで暴発を逃れたペニスが、ひくひくと動いている。

渚が雅人の上半身に近寄ってきた。

なにか言いそうにしている。もう一度、こちらから好きと言えばいいのか。

好き、と言おうとしたとき、渚がすうっと美貌をよせて、またキスしてきた。

ぬらりと舌が入ってくる。しかも今度はペニスをつかみ、しごきはじめたのだ。

ベロチューに手コキだっ。

はじめての刺激に、雅人の全身の血が沸騰する。舌をからませつつ、ペニスをしごかれる快感に、雅人はすぐさま骨抜きになる。

「うう、ううっ」

出そうだっ、と訴える。このまま出されたら、まずいことになる。

「ううっ、出るよっ」

渚の唇を振り解き、そう叫ぶと、またも渚は手コキを止めた。

「うれしいです……雅人さん」

「えっ」

「なんか、すごく、うれしすぎて、混乱していました」

混乱したから、ベロチュー手コキをやったのか。

「ああ、ああ……私なんかを……骨折させた私なんかを……」

「前から好きだったんだっ。渚さんが入社したときから、好きだったんだっ」

「雅人さんっ」

渚がまた唇を押しつけ、ペニスをつかんだ。舌を入れつつ、ぐいぐいしごいてくる。

これは、もしかして喜びを表現しているのか、と思ったが、もう限界だった。

「ううっ」

出るっ、と叫び、そして暴発させた。

ザーメンが勢いよく噴き出し、入院着にかかる。

渚はベロチューをつづけつつ、しごきつづける。

「う、うう、ううっ」

雅人は吠《ほ》えていた。おうおう、と雄叫びをあげていた。キスしていなかったら四人部屋の中だけでなく、廊下にまで響きわたっていただろう。

それくらい舌をからめつつの射精は気持ちよかった。雅人の三十年間の射精史上、最高の快感と言えた。

「うう、うう、ううっ」

脈動はなかなか鎮まらず、入院着に次々とザーメンがかかっていく。

最悪だったが、最高だった。

ようやく脈動も鎮まり、渚が唇を引いた。そして、

「渚も……」

と、なにか言おうとしたとき、ザーメンの臭《にお》いに気づいたのか、はっとした表情になり、入院着にべったりとかかっているザーメンを見た。

4

「あっ、うそっ……ああ、そうか……お口で受けなかったから……あああ、ごめんなさいっ。キスしていたから、お口で受けられませんでしたっ」

渚が叫ぶ。カーテンの向こうの森谷にもろ聞こえだと思った。

「ああ、どうしようっ。どうしましょうっ。着がえないとっ」

渚がトートバックからティッシュを取り出し、入院着にかかっているザーメ

ンを拭く。が、あまりに大量で、まったく拭いきれていない。

すると、どうしましたか、とカーテンの向こうから、里穂の声がした。

えっ、どうして、また朝につづいて、里穂がっ。

開けますよ、と言うなり、里穂がカーテンを開いた。

すぐさま、入院着にかかっているザーメンを発見する。

「あら……」

「ご、ごめんなさい……私が悪いんです……キスしてて、お口で受けなかった私が悪いんです」

そう謝る渚は、上半身になにも着ていない。

「キス……達川さんとキスしながら、いかせたのね」

と、里穂が言う。

「すみません……」

と、渚が謝る。

「しかも、おっぱいまる出しで」

と、里穂が言うと、渚は自分のあられもない姿に気づき、いやっ、恥ずかしいっ、と叫び、両手でたわわな乳房を抱く。

「あの、洗いますから」

「そうね。洗ってもらおうかしら」

と、里穂が言い、すみませんっ、と渚があわてて入院着を脱がせようとする。

ふたたび、バストがあらわになる。お椀形のきれいなふくらみだ。

もう両手に痛みは走らなかった。やはり、明日にはギプスは取れそうだ。

入院着を脱がせるなり、渚はあわててブラを着け、ブラウスを着る。そして、ザーメンがついた入院着を持って、出ていった。

「あっ、渚さん……」

俺と里穂のふたりだけにしないでくれ。

渚がいなくなるなり、里穂がカーテンを閉じた。そのとたん、ベッドの中の空気が濃くなる。

「キスだけで出したんですか。そんなに渚さんとのキスはよかったんですか」

里穂が聞いてくる。

「えっ、いや、その……しごかれたから……キスしながらしごかれて、それで、つい……」

「ふうん」

と言いつつ、里穂が乳首を摘まんできた。こりこりところがしはじめる。

「あっ、里穂さんっ……な、なにをっ」

「別に……」

と言いつつ、もう片方の乳首も摘まみ、左右同時に刺激を送る。

「きれいなおっぱいでしたね。お椀形って言うんですか」

「すみません……」

とにかく、謝るしかない。

「渚さんとのキス、そんなによかったんですか」

と言いながら、乳首をひねりはじめた。

「あうっ、うう……」

「どうしましたか」

里穂はさらにひねってくる。痛かったが、痛いだけではないのが乳首責めだ。

痛いけど、それがよくなってくる。しかも、ひねっているのは、美人ナースの里穂なのだ。

「そもそも、病室で見舞の人とキスなんて、規則違反です」

「えっ、そんな規則、あるんですか」

「今、私が作りました」

「えっ」

「そして今、私が破ります」

と言うなり、里穂がすうっと美貌をよせてきたのだ。

あっ、と思ったときには、唇を奪われていた。

里穂とキスしているっ、と思った瞬間、一気に勃起を取りもどしていた。

舌先で唇を突かれ、開くなり、ぬらりと舌が入ってくる。

えっ、うそっ。渚とファーストキスをしてすぐに、里穂とセカンドキスっ。

これは夢だと思った。でも、夢なら夢でいい。このまま里穂とキスしていたい。しかも、ただのキスではなく、今度はキスに乳首責めだ。

これはこれでたまらない。

里穂の唾液はとろりと甘かった。渚の唾液も甘いと思ったが、それよりも、濃厚な甘さを感じた。やはり、処女ではないぶん違うのだろうか。

里穂が唇を引いた。自分がしたことに気づいたのか、はっとした表情を浮かべ、乳首から手を引く。

「あっ、もう……こんなに……」

「あ、あの……今のキスはその……」

「なんの話ですか」

里穂はぴんとペニスを指で弾くなり、カーテンを開き、出ていった。

「里穂さん……」

雅人は混乱していた。

今のキスにはどんな意味があるのか。やっぱり、ジェラシーか。でも、どうして俺と渚にジェラシーを感じる。

まりん相手に勃起させたときも、里穂は変だった。

もしかして、里穂は俺のこと……いや、まさか。渚が俺とキスしたことだって、青天の霹靂《へきれき》なのだ。青天の霹靂が連続でつづくなんてありえない。

でも、モテるときはこういうものなんじゃないのか。

モテたことなどないからわからないが、人生、うまくいくときはどんどんうまくいくものだ。今が、そのときなのだ。これを逃してはいけない。もしかしたら、一生に一度訪れた人生最大のモテ期かもしれないのだ。

きっとそうだ。

渚が戻ってきた。

「すみません。替えをいただいてきました」

渚はあたらしい入院着を持っていた。

「ザーメンのやつは？」

「洗面所で洗っていたら、看護師の方に声をかけていただいて、その方にお渡ししました。その方が替えもくださったんです。ボブカットの、ナースにしては色っぽい方でした」

ボブカットで色っぽい。杏樹だ。杏樹がザーメンで汚れた入院着を受け取ったのだ。

「そうですか」

渚の美貌が強張っている。視線のさきには雅人の顔ではなく、雅人のペニスがあった。

「どうして、もう勃っているんですか」

「えっ」

「さっき出したばかりで、ひとりで寝ていて、どうして勃っているんですか」

まずい、と思った。

「さっきの美人の看護師さんと、なにかあったんですか」

渚が雅人を見つめる。

「さっきの……ああ、里穂さんね」

「名前で呼んでいるんですかっ」

渚が大声をあげる。

「整形外科では、みんな看護師さんは名前で呼んでいるんだよ。別に俺だけじゃないから」

「そうなんですか」

「里穂さんとはなにもないよ。あるわけないじゃないか」

「じゃあ、どうして……」

恨めしげに勃起しているペニスを見やる。しかし、どうしてこんな最悪の状況なのに、勃起したままなのか。こういう状況が俺は好きなのか。放置プレイでも勃起したままだし、Mっ気があるのだろうか。

あるのだろうかではなくて、Mかもしれない。

「あの……渚さんとのキスを思い出していたら……こうなってしまったんだ」

「あら……」

渚がぽっと顔を赤らめた。

「私もなんか、胸がずっとドキドキしているんです」

ブラウスの胸もとは相変わらずはちきれんばかりだ。

「うれしいです……」

そう言うと、渚は股間に美貌をよせて、ちゅっと先端にキスした。

「あっ、渚さん……」

里穂とのキスで大きくさせたペニスにキスされて、雅人は罪悪感を覚える。

「ああ、欲しい……」

そう言いながら、ペニスに頬ずりする。

「えっ、今、なんて言ったのっ」

「欲しいです……雅人さんを欲しいです」

火の息を吐くようにそう言いつつ、ペニスに頬を強くこすりつけてくる。

欲しいというのは、俺のち×ぽのことだ。俺とエッチしたいと。俺に処女をあげたい、と言っているのだっ。

すぐにでもしたかった。渚の気が変わらないうちに、雅人も渚で童貞を卒業したかった。

「ああ、このおち×ぽ、渚だけのものですよね」

そう言いつつ、ちゅっちゅっちゅっと先端や裏スジにキスしてくる。やはり、里穂の存在が気になっているようだ。

もしかして、里穂があらわれたから、はやく雅人ともっと深い関係になりたいと思いはじめているのかもしれない。

さっきは、渚にジェラシーを覚えて、里穂がキスをしてきて、今は、渚が里穂にジェラシーを覚えて、エッチしたいと言っている。

これぞモテの連鎖だ。

モテる男はたいていそうじゃないか。

今、俺もそういう状態になっているのだ。

「ああ……退院が待ち遠しいです」

退院してからエッチするのか。それはそうだろう。杏樹じゃないんだ。病室で処女を捧げるなんて、ありえないだろう。

「ぼ、僕も欲しい。渚さんが欲しいよ」

「うそ……さっきの看護師さんとしているんでしょう。だから、私がザーメンを洗っている間にキスして、こんなにさせたんでしょう」

なぜわかるんだ、と雅人は顔を思わず引きつらせる。

「えっ、そうなんですかっ。本当にキスしたんですかっ」

「違うよっ。してないよっ。するわけないだろうっ」

「あの美人の看護師さんとしているんですねっ」

勃起したままのペニスに頬ずりしつつ、渚がつぶらな瞳に涙をにじませる。

「誤解だよっ。してるわけないだろうっ」

「じゃあ、どうしてこんなにさせているんですか」

「それはだから、渚さんとのキスを思い出して……」

「うそっ。今夜、するんでしょう。今夜、あの美人看護師さんが宿直で、するんでしょう。その約束したから、大きくさせているんでしょう」

童貞野郎の雅人顔負けの妄想力だ。そうか。渚だって処女だ。していないぶん、妄想力がついているのかもしれない。

「してないよっ。だって、俺、ど……」

「ど……なんですか」

頬ずりしたまま、渚が聞く。

「童貞なんだよ。さっきのがファーストキスだって言っただろう。とうぜん、エッチも経験ないんだ」

「そ、そうですか……そうですよね……」

と、うなずき、

「ごめんなさい……」

なぜか、渚が謝る。

「私、さっきのファーストキスじゃなかったんです……ごめんなさい」

やはり、そうか。でも、それは仕方ないことだ。

「渚のはじめてのキス、あげられなくて」

涙がつぶらな瞳からあふれ出る。

ああ、なんてきれいなんだ。

雅人は思わず、見惚《みと》れてしまう。

「誤解してごめんなさい。でも、あの美人の看護師さん、雅人さんを見る目が違っていました。このおち×ぽが最初に入る穴は……渚の……あ、あそこだって……約束してくださいますか」

「渚さん……」

「約束してくださいますか」

「穴って、どこかな」

M製菓のマドンナの口から、おま×こ、と言わせたくて、わざとそう聞く。

「ああ、雅人さんって、いじわるなんですね」

涙をにじませた瞳でなじるように見つめつつも、

「このおち×ぽが……最初に入る……お、おま×こは……渚のおま×こって、約束してください」

と、渚が言った。

「するよっ。もちろん、するよっ」

「うれしいですっ」

渚は唇を大きく開くと、鎌首を咥えてきた。そのまま、一気に根元まで咥えてくる。

「あ、ああ……」

「うんっ、うっんっ」

渚が最初から激しく美貌を上下させる。口でまた、いかせる気だ。

「あっ、ああ……ああ……」

隣の森谷に情けない声を聞かれたくはなかったが、あまりに気持ちよくて、どうしても出てしまう。

「うっんっ、うんっ」

渚が美貌を上下させつつ、こちらを見つめてくる。

その目は、このままください、と告げている。自分が病院から帰ったあとのことを心配しているのだろうか。夜、里穂とエッチしないために、一発でも多く、自分で抜こうとしているのでは。

そんな心配、いらないのに。里穂が俺とするなんて、ありえないのに。なんて健気な女の子なのか。

ぜったい裏切らない。退院したら、ぜったい渚とする。

「ああ、出そうだっ」

「う、うんっ」

出して、と瞳が告げる。その目を見ながら、

「おうっ」

と吠えた。はやくも二発目のザーメンを、今度は渚の喉へとぶちまけていた。

「う、ううっ……」

渚は一瞬、美貌をしかめたものの、すぐにうっとりとした顔になり、ザーメンを喉で受けつづける。

そんな渚を見ていると、俺のザーメンって本当においしいんじゃないかと思ってしまう。

渚は唇を引かない。脈動が鎮まるまで吸いつづけている。雅人のち×ぽに対する愛を感じる。

やっと、脈動が鎮まった。渚が唇を引きあげる。

鎌首から抜くなり、すぐに唇を閉じる。それでも、あふれたザーメンがどろりと垂れてくる。それを、渚は両手で受け止める。

飲むのか。また、俺のザーメンを飲んでくれるのか。

雅人はじっと渚の美貌を見つめる。

渚はザーメンを口に含んだまま、こちらによってきた。そして雅人のすぐそばで、ごくんと嚥下《えんか》した。そして唇を開き、ピンクの粘膜を見せた。

「おいしかったです……」

と言って、はにかむような笑顔を見せる。

「渚さんっ、好きだよっ。大好きだよっ」

「渚も雅人さん、大好きです」

両手が動けば、ここでしっかり抱きしめてからの濃厚キスになるのだろうが、それができない。

渚が美貌をよせてきた。そして、ザーメンを飲んだばかりの唇を押しつけようとして、寸前で止める。

どうしたの、と見つめると、渚はピンクの舌を出して、唇をぺろりと舐めた。

「雅人さん、自分のザーメン舐めたくないでしょう」

と言って、またもはにかむような笑みを見せて、唇をよせてきた。

渚のやわらかな唇が重ねられ、すぐさまぬらりと舌が入ってくる。

「うんっ、うっんっ、うんっ」

すぐさま濃厚なベロチューになる。それはとても甘かった。

第五章　魅惑のふくらみ

1

「これで最後ですね」

と言って、まりんが芋の煮つけを箸《はし》で挟んで、雅人の口もとに運んでくれる。

こうしてまりんに食べさせてもらうのも最後かと思い、芋の味を嚙《か》みしめていると、カーテンが開き、里穂が入ってきた。

「里穂さん……なにか」

まりんが怪訝な表情で里穂を見る。

「あとは私が」

と、里穂が言う。

「えっ、でも……」

「あとは私が」

と、もう一度言う。笑顔ではなく、むしろ怒っているような表情だ。

「もう、終わりましたけど」

「デザートを持ってきたの」

と、里穂が言う。

「デ、デザートですか……」

里穂はなにも持っていない。

「そう、デザート」

と言いながら、里穂が雅人をじっと見つめる。瞳が美しいだけで、見つめられるだけで、ドキンとする。

「じゃあ、あとはおねがいします……」

まりんがカーテンの外に出ていった。

すると、里穂が美貌をよせてきた。あっ、と思ったときにはキスされていた。

えっ、うそっ。また、里穂の唇が触れているっ。しかも、舌で唇を突かれているっ。

思わず唇を開くと、ぬらりと里穂の舌が入ってきた。

「うんっ、うんっ」

悩ましい吐息を洩らしつつ、里穂が貪るようなキスをしかけている。クール
な印象があるだけに、情熱的なキスに雅人も燃える。

「渚さんに童貞を捧げる約束をしたそうね」

「えっ……」

森谷だ。森谷がぜんぶ聞いて、それをたぶん杏樹に話したのだ。それが里穂
に伝わっているのだ。

しかし、いつの間に……。

病院内の情報伝達のはやさに驚く。

「本当にしたみたいね」

「えっ、い、いや……し、して……」

していません、と言おうとしてやめた。それは渚に対する冒瀆《ぼうとく》だと思ったか
らだ。ここは渚一本に絞ることにする。里穂ともエッチを、などと思っている
と、虻蜂《あぶはち》取らずになる。

「し、しました……すみません」

「なにも、謝る必要なんてないわよ。渚さんに入れたいんでしょう」

「い、いや、その……」

里穂さんにも入れたいです、と言いそうになる。そんなこと言ってはだめだ。優柔不断な男だと軽蔑されるだけだ。

「もっとデザート、欲しいかしら」

里穂が聞いてくる。

「欲しいです……」

思わず、そう言ってしまう。すると、里穂はまた、すうっと美貌をよせてきて、唇を重ねてきた。さっきよりもっと濃厚に舌をからませてくる。

舌をからめせつつ、入院着の股間に手を伸ばしてくる。

「あら。私とキスして、こんなにさせていいのかしら」

もちろん、雅人は勃起させていた。

「すみません……」

「誰に謝っているの。渚さんに謝らないと」

と言いつつ、入院着のズボンを下げていく。

「あら、今日は紫なのね」

紫のブリーフはもっこりしている。

「じゃあ、これで夕食、終わりです」

と言うなり、里穂がカーテンを開いた。

食事のトレーを持って、里穂が去っていく。

「あっ、里穂さんっ、ズボンをっ」

背中に声をかけるものの、里穂は振り向かなかった。

「おい、色男」

森谷が声をかけてくる。

「紫かい。エロいじゃないか」

ズボンを引きあげてください、と森谷にも頼めない。両手は動くが、まだ両足は動かせないからだ。

「それで、どっちの穴で男になるんだい」

と聞いてくる。

「もちろん……渚さんです」

と、しっかりと答える。

「やっぱり、清楚系かい。まあ、清楚系がいいよな、清楚系が」

森谷がつぶやいていると、杏樹が入ってきた。

「あら、森谷さんも清楚系が好きなのかしら」

「いや、俺は違うぞ」

と、森谷があわてる。

「森谷さんは清楚系が好きらしいぞ」

向こう側の男がからかうようにそう言う。

「違いますよっ。誤解ですっ」

森谷が異常にあわてる。

「みんな、渚さんが好きなのね」

杏樹が雅人を見やりつつ、そう言う。四人部屋の男たちみんなが、渚の処女膜を狙《ねら》っているような気がした。

その夜は杏樹も里穂もあらわれず、なかなか眠れぬ時間がすぎていった。

2

「では、ギプスを取っていきます」

翌朝、玲子先生の診察で、ギプスを取ることを許可された。

診察のあと、しばらくして、里穂が姿を見せて、包帯を取っていく。

真剣な表情が美しい。杏樹とは違い、ナースキャップがとても似合っている。凛《りん》とした眼差しといい、まさに白衣の天使だ。

ギプスを取りつつ、

「両手が自由になったら、最初になにをしたいですか」

里穂が聞いてくる。

「えっ、それは……」

そのとき、雅人の視線は里穂の胸もとに向いていた。魅惑のふくらみを見ていたため、思わず、

「おっぱい、揉みたいです」

と答えてしまう。

すると、ギプスをはずしていた里穂の手が止まった。

「えっ、今、なんて言ったのかしら」

「い、いや……その、おっぱいを揉みたいなって……」

「誰のかしら」

「そ、それは、その、あの……」

里穂の魅惑の胸もとから目を離せなくなっていた。

「誰のかしら」

「里穂さんの……おっぱいを揉みたいです」

正直にそう答える。すると里穂は黙ったまま、ギプスをはずしていく。右のギプスが取れた。

さっそく、雅人は動かしてみる。

「どうかしら」

「ああ、動きますっ。痛みもないですっ」

「そう」

と言いつつ、里穂は左の包帯をはずしはじめる。

右手が自由になると、よけい里穂の乳房を揉みたい衝動にかられる。

左の包帯を取り、ギプスをはずしはじめる。雅人が露骨に胸もとを見ていても、里穂はなにも言わない。

揉んでもいいのだろうか。だめとは言っていない。というか、今、乳房を揉むことは現実的に無理だ。隣には森谷がいて、向かいにも入院患者がいる。

左のギプスも取れた。

「動かしてみてください」

はい、と左の手も動かす。こちらはわずかに痛みが走ったが、手はすんなりと動いた。

「どうかしら」

「ちょっとだけ痛みます」

そうですか、と言いつつ、里穂が左腕を手にしてきた。そして、いきなりぐっと引きあげる。

「うう……」

「痛みますか」

「いや、大丈夫です」

「じゃあ、これは」

と、左手をさらに引きあげた。手のひらが高く張っている白衣の胸もとに迫り、雅人は思わずつかんでいた。

里穂はなにも言わない。

「どうですか」

と聞いてくる。

「えっ……痛みません……というか、痛み、消えました」

と言いつつ、里穂のバストを揉んでいく。白衣とブラごしだったが、たっぷりとした量感を手のひらに感じた。思えば、初だった。

これまで、フェラされ、口に出し、乳房やおま×こも顔面に感じていたが、こうしてノーマルに乳房をつかんだのは、はじめてだった。

いや、この状況はノーマルではないか。

里穂は左手を引きあげたままでいる。もっと揉んでいいということか、と思

い、雅人はぐっと揉みこんでいく。すると、

「あっ……」

里穂が甘い声をあげた。

えっ、と雅人は里穂を見る。里穂は緊張した表情を見せて、視線をそらしている。今、感じたのか。もう一度、ぐっと揉んでいく。すると、

「はあっ……ああ……」

またも、甘くかすれた声を洩らす。左手は引きあげたままだ。

もっと、いいのかっ。

さらに強く揉んでいった。

「あんっ」

あきらかに感じている声をあげ、はっとなった里穂が左手を投げつけた。激痛が走り、

「痛いっ」

と、声をあげる。

「あっ、ごめんなさい」

里穂があわてる。いつも冷静な里穂が、こんな表情を見せるのははじめてだった。

謝りつつ、カーテンを引く。

えっ、なに。どうして、カーテンを。

こちらを見ている森谷の顔が、カーテンで遮られていく。

「もう一度、右手も上げてみましょう」

と言って、今度は右手をつかみ、引きあげる。また、胸もとに迫る。とうぜん、雅人は白衣ごしにつかんでいった。さっきまでとは違い、カーテンで仕切られ、セミ密室の状態だ。

こねるように揉んでいく。が、こうなると、白衣とブラがもどかしい。

すると、里穂が白衣の胸もとのボタンをはずしはじめたのだ。

「えっ、里穂さん……」

「私のおっぱい、揉みたいんでしょう」

「揉みたいです。すごく揉みたいですっ」

「渚さんは、いいのかしら」

「えっ……」

困惑する雅人を見つめつつ、里穂は白衣の胸もとをはだけた。ブラはハーフカップで、魅惑のふくらみが半分近くあらわになっている。

「初揉みは、渚さんじゃないのかしら」

「り、里穂さんを初揉みしたいですっ。じかに初揉みしたいですっ」

おそらく、森谷には聞こえてしまっている。森谷が渚に話したら、渚との関係は終わるだろう。でも、もう遅い。里穂さんを初揉みしたい、と言ってしまったのだ。

里穂が両手を背中にまわした。ブラのホックをはずすと、豊満なふくらみに押されるようにして、ブラカップがまくれた。

たわわに実った豊満な乳房があらわれる。紡錘形というやつか。すでに乳首はつんとしこっている。さっきの乳揉みで勃起したのだ。

「渚さんみたいなきれいなお椀形じゃないけど」

「きれいですっ。里穂さんのおっぱい、すごくきれいですっ」

「そうかしら……」

「里穂さんっ」

雅人は両手を伸ばし、ふたつの手で、それぞれ左右のふくらみをつかんでいった。

「あうっ……」

とがった左右の乳首が同時に手のひらで押しつぶされて感じるのか、里穂が眉間《みけん》に深い縦皺《たてじわ》を刻ませる。

美形の眉間の皺は、ひたすらそそる。

雅人はふたつのふくらみをこねるように揉んでいく。

「あ、ああ……あんっ……」

当たり前だが、じか揉みは気持ちいい。これまで顔面で受けてきたが、やはり、おっぱいはこうして揉むものだ。男の手で揉みしだかれるために、大きくふくらんでいるのだ。

しかも、久しぶりに手を動かしている。そのうれしさもあって、つい激しく揉みこんでしまう。すると、

「い、痛い……」

と、里穂が言った。すみませんっ、とあわてて手を引く。

白いふくらみに、手形が浮きあがっている。それは痛々しいというより、よりそそるものだった。乳首もさっきより、さらにつんとしている。

雅人はすぐさま両手を伸ばし、ふたたびつかんでいく。またも、ぐぐっと五本と五本の指を、魅惑の隆起に埋めこんでいく。

やわらかく受け止めつつ、底から弾き返してくる。それをまた、揉みこんでいく。そしてまた押し返され、そこを揉んでいく。そのくり返しだったが、そのくり返しがたまらない。

ずっと、このままくり返していてもいいくらいだ。

「あ、ああ……達川さんって……童貞のくせして激しいのね」

「そ、そうですか」

「ああ、激しいわ……ああ、里穂のおっぱい、ちぎれそう」

里穂がこちらを見つめる。凜とした黒目が、今は妖しく絖光っている。その普段とのギャップに、さらに昂り、揉む手に力が入る。

「あ、ああ……もう、いいかしら」

「えっ」

「もう、充分よね」

火の息まじりにそう言う。

「いや、まだですっ。ぜんぜん、揉みたりないですっ」

「あ、ああ、これ以上されると……」

「これ以上されると、なんですか」

「ああ……ああ、里穂、欲しくなってしまうの……おち×ぽを」

と言って、右手を伸ばし、入院着の股間をなぞり、そしてつかんできた。もちろん、びんびんだ。

「ああ、硬いわ……ああ、達川さんって……ああ、ずっと硬いわよね……本当に、元気な患者さんよね」

確かに、この病院に入院してから、ずっと勃起させているような気がする。

雅人は内臓疾患ではなく、ただ骨折しているだけだから、身体自体は元気なのだ。

整形外科の入院患者は元気な者が多いから、患者が退屈しないように、ナースは美人をそろえていると聞いたことがある。

この病院はまさにそれだ。里穂、杏樹、それにまりんと、みなタイプが違った美人ぞろいだ。

まったく退屈しない。むしろ、今までの単調な日常より数倍、いや数十倍、充実していた。入院しているのに、充実しているというのも変だが、それが事実だった。

「ああ、もうおっぱいから手を離して」

里穂の声が甘くとろけるような音色になっている。

雅人はさらに強く揉みこんでいく。

「あっ、だめ……これ以上、ゆるして……」

里穂が哀願の目を向けてきた。いつもクールなだけに、すがるような表情に興奮する。もちろん、大量の我慢汁を出していた。

頭に血が昇ったまま、雅人は揉みしだきつづける。すると、

「おねがい……ゆるして」

と言って、雅人の手首をつかんできた。

雅人は乳房から手を離した。白いふくらみのあちこちに、うっすらとピンクの手形が浮きあがっている。

乳首はこれ以上ないくらいとがりきり、ふるふる震えている。

雅人は考えるよりさきに、ふたつの乳首を摘まんでいた。こりこりところがしていく。

「あ、ああっ、だめだめ……乳首、だめ……あ、ああっ」

里穂の上半身ががくがく震える。乳首はかなりの急所のようだ。

「ゆるして、ゆるしてください」

雅人が乳首から手を引くと、里穂が美貌をよせてきた。ねっとりと舌をからめてくる。息が熱い。燃えるような吐息をかけつつ、ぴちゃぴちゃと舌をからませてくる。

「ああ……童貞のくせして上手なのね」

そうなのか。おっぱい揉み、うまいのか。

「変になりそうだったわ……」

と言いつつ、またもブリーフのもっこりをつかんでくる。

「欲しいわ……ああ、たまらなく欲しい」

ぐいっとしごきつつ、里穂がそう言う。

「ああ、でも、渚さんとしたいのよね」

「は、はい……」

目の前にとびきりの美人ナースがいて、ブリーフごしにペニスしごきつつ、したいと言っているのに、俺は今、それを断っているのだ。

渚命とはいえ、三十年間童貞の分際で、罰が当たるんじゃないだろうか。

かといって、里穂さんで卒業したいです、なんて言えない。渚を裏切ることになる。

渚の愛らしい笑顔が浮かぶ。それを曇らせたくない。

俺は渚で童貞を卒業するんだっ。

里穂はブラでバストを包み、白衣のボタンを閉じると、すうっと股間に美貌をよせてきた。もっこりの先端にちゅっとキスすると、カーテンを開いた。

雅人は遠ざかっていく里穂のうしろ姿を見つつ、ぎりぎり暴発に耐えていた。

3

昼間、渚は見舞に来なかった。仕事でトラブルがあって、その対応に追われて、どうしても顔を出せない、とメールが来た。

これまでは、ときどき杏樹たちナースに携帯電話を持ってもらって、なにかメールが来ていないか確認していたのだ。

ギプスが取れて、両手が動くようになったよ、とメールをすると、しばらくして、

──雅人さん、動くようになった手で、最初、なにをしたいですか？

と、メールが来た。

里穂と同じことを聞かれて、ドキリとする。

──渚さんのおっぱいを揉みたいよ。

と、返事をすると、

──渚も雅人さんの手で揉まれたいです。

と、返事が来た。

その文面を見ただけで、雅人は勃起させていた。すでに里穂の乳房を揉みしだいていた罪悪感が襲ってきたが、それよりも、一刻もはやく渚のおっぱいを揉みたい気持ちでいっぱいになる。

——面会時間に間に合えば、今日、揉まれに行きます。

と、メールが来た。

なんてことだっ。M製菓一のマドンナが、俺におっぱいを揉まれるためだけに、トラブルの最中に会社を抜け出して、来ると言っているのだ。現実的には無理な気がしたが、その気持ちだけで暴発しそうになる。

やっぱり、渚ひとすじでいかなければだめだ。

里穂としたいなんて、誘惑に負けてはだめだ。

——無理しないでね。でも、待っているよ。

そう返事を送った。

この病院の面会時間は六時までだ。夕食は五時からはじまるから、夕食までつき合う面会の家族は多い。

雅人は渚のおっぱいだけを思って、じっと待った。この待つ時間は、異常に長く感じられた。

昼から夕方にかけて、向かいのベッドの六十代の男性と四十代の男性が次々と退院していった。数日は、森谷とふたりだけのようだ。

夕食の時間となり、見習いナースのまりんがトレーに乗せた夕食を四人部屋に運んできた。

「今日からは、自分で食べてください」

トレーを渡す前に、まりんが上体を起こしてくれる。両手は動くようなったが、両足にはまだギプスがついているから、自力では上体を起こしづらい。もちろん、起こすことはできるのだが、まりんにやってもらったほうがいい。

なにせ、白衣ごしのパンパンバストを肩や腕に押しつけてくるからだ。

「あ、あう……」

まだ慣れていないぶん、力のかけ具合がわからないのか、かなり苦戦して、引きあげてくれる。そのぶん、ずっと白衣ごしにバストを感じた。

里穂のナマ乳房を揉み、渚のことを思いつつ、面会を待ちつつも、まりんがあらわれたら、そのバストの感触を、たとえ腕ごしでも堪能しようとしている。

童貞魂を忘れていない。いや、まだ、そもそも童貞である。杏樹、里穂、そして渚相手にいろいろ経験しているだけに、なんか、すでに一人前の男になった気分があるが、まだ半人前である。

「森谷さんは自分で起きられますよね」

雅人を引き起こしたまりんが隣の森谷にそう言う。

「いや、まだ無理だよ、まりんちゃん。やってもらえないかな」

おやじまる出しで森谷が頼む。森谷が言うと、抜いてくれないかな、と頼んでいるように聞こえる。

「もう、ひとりでできるでしょう」

「いや、まだ無理だよ」

「もう、甘えん坊さんなんだから」

と言って、まりんが隣のベッドに向かう。ここはやはり、白衣の天使だ。基本的に奉仕の精神がその体内に宿っている。頼まれたら、ついやってしまうのだ。

頼まれたら、やってしまう……。

里穂の美貌、里穂の乳房が思い浮かぶ。

まりんが森谷に密着して、上体を引き起こしていく。森谷はにやにやと口もとをゆるめている。

「はい。食べてください」

引きあげたまりんが、夕食の乗ったトレーを森谷に渡し、そして雅人に渡す。

すると、すみません、と渚が顔をのぞかせた。

「あの、いいですか」

渚がまりんに聞く。

「達川さんの彼女さんですね」

と、まりんが言い、えっ、と渚が目をまるくして、そして顔を赤らめる。否定しないのがうれしかった。

「申し送りどおりの素敵な方ですね」

と、まりんが言う。渚のことまで、ナースの間で申し送りしているのか。

「どうぞ」

と、まりんが言い、失礼します、と渚が入ってくる。

「ああ、本当に両手、使えるようになったんですねっ」

渚がとびきりの笑顔を見せる。まりんの前で、雅人はデレデレだ。

どうしても、ブラウスの胸もとに目が向かう。両手が自由になったとたん、無性に胸を揉みたくなる。すでに里穂で揉んでいたが、どうも、あれがいけなかった。生おっぱいを揉む快感を知ってしまったからだ。

ああ、揉みたいっ。

渚も揉まれたいと言っていた。でも、さすがに今は無理だ。カーテンを引いたら、エッチなことをするのがばればれだ。しかも今は、夕食の時間だ。不謹慎すぎるだろう。

「ご飯、食べてください」

渚に言われ、雅人は箸を手にする。久しぶりの箸だ。

「トラブルは、大丈夫なのかい」

「はい。大丈夫です……やっと、抜けてこられました」

「いいのかい」

「いいんです……」

と言って、頬を赤らめる。そして、妖しく潤ませた瞳で、ご飯を食べる雅人を見つめる。

揉まれたがっている。渚も乳房を俺の手でめちゃくちゃにされたがっている。

なんか興奮してきて、ご飯が喉を通らない。

「食欲、ありませんか」

渚が聞いてくる。

「いや、そうじゃないんだけど……」

「もやもやしているんですね」

「えっ」

「私もだからです……なんか、雅人さんの気持ちがわかるようになってきました。やっぱり、童貞と処女だからですか」

なんと大胆な発言っ。

隣を見ると、森谷がおうという顔をして渚を見ている。やはり、聞き耳を立てていたようだ。

「あの、もやもやをすっきりさせてから食べたほうが、身体にもいいんじゃないですか」

「いや、そうかもしれないけど……」

いつの間にか、渚のほうが積極的になっている。

渚がカーテンに手をかけた。おっ、と森谷が目を見開くなか、カーテンを閉める。

セミ密室になり、急に空気がエロくなる。

閉じてすぐに、渚が美貌をよせてきた。唇が触れたとたん、ぬらりと舌が入ってくる。味噌汁《みそしる》を飲んだあとだから、雅人は大丈夫かと舌を遠慮がちに引く。

すると、渚のほうから舌を追い、ねっとりとからませてくる。

そして唇を引くと、

「揉みたいですよね」

と、火の息を吐くように言う。

「揉みたい。揉みたいけど、今は夕食の時間だから、ちょっと……」

「ああ、揉みたくないんですね。もしかして、もうナースの胸を揉んだんですか」

「まさか。ありえないよ……」

「そうかしら」

と言いつつ、渚はブラウスのボタンをはずそうとする。

「だめだよ、渚さん」

「やっぱり、ナースのおっぱい、揉んだんですね」

「いや、揉んでないよ」

と言っていると、いきなりカーテンが開いた。里穂が立っていた。

「夕食の時間ですよ。出入禁止にしますよ、渚さん」

と、里穂が鋭い眼差しでにらみつける。

渚はそれで怯《ひる》むかと思ったが、違っていた。渚が里穂をにらみ返したのだ。

おいおいっ、これって俺を挟んでの、美女たちの嫉妬合戦かっ。

これはもうモテ期の絶頂期だ。モテ期バブルの頂点と言ってもいいだろう。

頂点を極めたら、あとは落ちるだけだ。

いやだっ。まだ落ちたくないっ。ここが頂点だと思いたくないっ。

しばらく美女たちの視線の火花が散った。たぶん、それはほんの数秒のことだったのだろう。でも、雅人には一時間くらいに感じた。

渚のほうが視線をはずし、ごめんなさい、と言うと、病室から出ていった。

そのとき、渚さん、待って、と声をかけられずにいた。里穂が鋭い目で雅人をにらんでいたからだ。

「次、なにかあったら、本当に出禁にしますからね」

にらみつつ、入院着の胸もとに手を伸ばしてきた。入院着の上から乳首を摘まむと、ぎゅっとひねってきた。

「あっ……」

不意をつかれた雅人は、大きな声をあげてしまう。

里穂はさらに強く乳首をひねりつつ、雅人をにらみながら唇をよせてきた。

三方をカーテンで囲まれた状態で、美人ナースとベロチューをしていた。

雅人は暴発させずに耐えるのが精一杯だった。

4

夜中――雅人はなかなか寝つけなかった。自由になった両手で里穂の乳房を揉み、渚からも揉んでほしいと言われていたが、今日は一発も出していない。いや、一日の間に一発も出さないなんて、別によくあることだ。それが雅人の真性童貞会社員としての日常だった。けれど、この病院に入院してから毎日、出しまくっていたから、出すのが当たり前になりつつあった。

が、両手が動かせるようになったのに、今日は出していない。そうだ。両手が動かせるということは、自分でできるいうことだ。

今さらながら、オナニーできることに気づき、雅人は笑う。これまでは、オナニーすることが最初に浮かんでいるはずだったが、入院して、ナースや渚の口で抜いてもらうことを第一に考えるようになっていた。

オナニーに頭が向かわなかったとは……。

四人部屋のドアが開いた。宿直の見まわりだろうか。杏樹が入ってきた。

電気を点けて、雅人のベッドに近寄ってくる。

寝たふりをしていたほうがいいのかと思い、目をつぶる。すると、甘い匂いを感じた。杏樹の匂いだ。今日はまだシャワーを使っていないのだろうか。宿直だから、夕方から仕事をはじめて、まだそんなに汗ばんでいないということか。

でも、杏樹特有の人妻らしい熟れた匂いが薫ってくる。

どういうことだ。目の前にいるのか。目を開けたい。開けてもいいのか。息を感じる。ああ、杏樹さん……。

どうしても我慢できなくて、雅人は目を開いた。すると、目の前に乳房があった。人妻の熟れたふくらみだ。

雅人は思わず自由に動かせる両手を伸ばし、つかんでいた。

「あっ……」

雅人はぐっと揉みこむ。人妻の乳房はやわらかい。揉みしだいていると、いろんな形に変わっていく。と同時に、乳首がぷくっととがる。

「はあ、ああ……申し送りのとおりね」

杏樹が火のため息まじりにそう言う。

「えっ、申し送りって、なんですか」

たわわなふくらみをつかんだまま、雅人が聞く。

「達川さんはおっぱい揉むのが上手だって……ああ、申し送りがあったのよ」

里穂がナースたちに申し送りしたのだろう。なんて病院なのか。

「でも、童貞は渚さんに捧げるのよね」

「そ、それ、みんな知っているんですか」

「当たり前でしょう。入院患者さんの情報はナース全体で共有しないと」

「まりんさんも……知っているんですか」

「もちろんよ。童貞だって、知っているわよ」

「なんてことだ……」

「ああ、したいわ……童貞くんのおち×ぽ、おま×こで感じたいの」

そう言いつつ、杏樹が入院着の股間に手を伸ばしてくる。もちろん、杏樹の乳房をじか揉みした瞬間からびんびんだ。

「いつも大きくさせているわよね。小さいときってあるのかしら」

「童貞ち×ぽの相手はそこまでにしておけよ、杏樹」

隣の森谷がそう言う。

「あら、童貞くんに嫉妬しているのかしら」

そう言いながら、杏樹が入院着のズボンをブリーフとともに下げる。入院患者は森谷とふたりだけだから、杏樹もかなり大胆になっていた。

弾けるようにペニスがあらわれる。

「相変わらず、すごいわ。このおち×ぽが今まで誰の穴にも入っていなかったなんて、もったいなさすぎるわよね」

煌々《こうこう》とした明かりの下、杏樹が反り返ったペニスに見惚れている。

「俺も負けないぞ」

森谷は自分で入院着のズボンを白のブリーフとともに下げる。

こちらもびんびんのペニスがあらわれる。

「ほらっ、どうだいっ、杏樹。欲しくなっただろう」

「私は童貞おち×ぽを食べたいの。おま×こに欲しいの。だめって言われると、よけい食べてみたくなるものでしょう」

と言いつつ、杏樹が白衣の裾に手を入れる。そして腰をうねらせつつ、パンティを下げた。白のストッキングを履いていたが、パンストではないようだ。パンティを足から抜くと、杏樹がベッドに上がってきた。

「えっ、な、なにするんですかっ」

「童貞おち×ぽ、食べるのよ」

「だめですっ。申し送り、読んでいるんでしょうっ」

「読んでるわよ。この童貞おち×ぽは渚さんが予約済みだって」

と言いつつ、腰を跨ぎ、ペニスをつかむ。

「申し送りに従ってくださいっ、杏樹さんっ」

「じゃあ、どうして、ずっと勃っているのかしら。私に入れたいんでしょう。達川さん、正直になりなさい」

そう言いながら、濃いめの茂みで鎌首をなぞる。ちょっとでも腰を下げたら、ずぶりと入りそうだ。童貞卒業は目の前まで迫っている。しかも、杏樹は色っぽい、いい女なのだ。

杏樹で童貞を卒業しても悪くない。渚の笑顔が、雅人の脳裏にいきなり浮かんでくる。その笑顔が悲しそうに歪んでいく。

だめだっ。俺は渚で男になるんだ。

「入れるわよ」

「だめですっ」

と叫び、雅人は上体を起こすと、杏樹を自由な手で押した。不意をつかれた杏樹が、あっと背後に倒れていく。

「すみませんっ」

「仕方がないおち×ぽね。処女と違って、童貞を卒業しても、言わなければわからないわよ」

それはそうだ。わからない。でも今、杏樹としたら、間違いなく杏樹が童貞ではなくなったと申し送りをするはずだ。それが、この病院のナースの習性だからだ。

渚が申し送りの書類を見ることはないだろうが、やはり、どこかから耳に入るはずだ。それはだめだ。

「僕は渚さんで男になりますっ」

迷う自分を戒めるように、雅人はきっぱりとそう言った。

「あら、男らしいわね。好きよ、達川さん」

そう言って、杏樹が雅人のベッドを降りると、すぐさま森谷のベッドに上がるなり、腰を跨ぎ、繋がっていった。

それはほんの数秒の出来事だった。

あんなに強く拒んだ杏樹の穴に、とてもあっさりと森谷のペニスが入っていく。本当にあっさりだ。

「ああっ、硬いわっ、ああ、嫉妬おち×ぽ、硬くていいわ」

そう言いながら、杏樹が森谷のペニスを女上位で呑みこんでいく。もしかして、森谷のち×ぽを太くさせるために、杏樹は雅人と繋がるふりをしたのかもしれない。

かなり上手《うわて》な人妻ナースだ。

「あ、ああっ」

火の息を吐きつつ、杏樹が繋がったまま、身体の向きを変える。白衣の裾をたくしあげ、髪から取ったピンで留める。

「あう、ううっ」

ち×ぽがおま×こ全体でひねりあげられるのか、森谷がうめく。

杏樹が横向きになった。ち×ぽを呑みこんでいる淫ら絵が、雅人のベッドからもはっきりと見えた。

濃い毛の奥から真っ赤に燃えたおま×この粘膜がのぞき、上下しているペニスを呑みこむ様が見えている。深夜の四人部屋の病室なのに、なにせ煌々と明かりが点いているのだ。

「あ、ああっ、見えるでしょう」

火の息を吐きつつ、杏樹が聞いてくる。

「見えます……おま×こ、見えます」

「ああ、これがおま×こよ。ああ、ああっ、気持ちいいわ。こんな気持ちいいこと、まだしないなんて身体に悪いわよ、達川さん」

そう言いながら、杏樹が割れ目に指を添えて、白衣に包まれた身体を上下させる。

「ああ、見えますっ」

ぱっくり開いた割れ目を、森谷のち×ぽが上下する淫ら絵がよく見えた。

人妻ナースのおま×こは真っ赤に爛《ただ》れ、大量の愛液を吐き出している。それゆえ、上下するたびに、ぬちゃぬちゃという蜜の音が聞こえてくる。

「あ、ああっ、いい、いいっ」

杏樹が入院患者のペニスを貪り食っている。

「あ……ああ、おま×こ、たまらんっ、ああ、締めつけがすごいぞ」

森谷もうなっている。

すると、四人部屋のドアが開いた。

振り向くと、里穂が立っていた。

第六章　やさしいナースたち

1

「あっ、里穂さんっ」

雅人はあわてて両手を伸ばし、ブリーフを上げようとした。が、あわててぐっと伸ばしたため、痛みが走った。

「痛いっ」

雅人が痛みを訴えるなか、人妻ナースは、気持ちいいっ、とよがり泣いている。しかも、里穂を見ても、エッチをやめようとしなかった。

里穂が近寄ってきた。

「痛むのかしら」

と聞いてくる。

「は、はい……」

「渚さんがいるのに、おち×ぽ、大きくさせている罰よ」

と言って、里穂が勃起したままのペニスをぴんっと弾く。

「い、痛い……」

「ああ、いい、いいっ……硬いっ、すごいのっ……ああ、今夜、すごいのっ」

杏樹の声に、里穂も隣のベッドに目を向ける。

「いやらしいわ……宿直中に入院患者とエッチするなんて……ああ、ナースとして失格です」

と、里穂が言う。

「あ、ああ、失格よっ……ああ、でも……ああ、だから、気持ちいいのっ……ああ、おち×ぽいいのっ」

杏樹が同僚にも見せつけるように、白衣に包まれた熟れた身体を上下させる。濃いめの茂みを出入りしている森谷のペニスは、杏樹の愛液でぬらぬらだ。

「入院患者とエッチなんて……最低のナースです」

火を吐くようにそう言いながら、ずっと勃起している雅人のペニスをつかんだ。最低、と言いつつ、右手でしごきながら、左の手のひらで鎌首を包む。そして、クイクイッと刺激を与える。

「あ、ああ……里穂さん……だめです」

雅人は腰をくなくなさせる。だめなら、両手で里穂の手を払うことができるのだが、払わない。そんなこと、両手が動くようになってもできない。できるわけがない。

「ああ、いけないことだから、気持ちいいのよ、里穂さん」

と、杏樹が言う。女性上位で繋がったまま、白衣のボタンをはずしていく。ブラに包まれた胸もとがあらわれる。

杏樹は白衣を脱いだ。ナースキャップとブラ、そして白のストッキングだけになる。

エロい。まさにコスプレナースだ。でもリアルな看護師で、しかもここはリアルな四人部屋なのだ。

杏樹がふたたび腰を上下させつつ、ブラも取っていく。たわわに実った乳房がこぼれ出て、すぐさま上下左右に揺れる。すでに乳首はとがりきっている。

「ああ、揉んで、おっぱい、揉んで」

杏樹がそう言うと、森谷が上体を起こし、背中から両手を出し、揺れる乳房をつかむ。見せつけるように、揉みくちゃにしている。

「あ、ああっ、いい、おっぱい、いいのっ、ああ、おま×こもいいのっ……あ、あ、里穂さん……あなたもどうかしら」

杏樹が挑発してくる。

「最低です、杏樹さん……」

そう言いながら、さらにぐいぐいしごいてくる。すでに大量の我慢汁が出ていた。それが潤滑油がわりとなって、先端を刺激する。

「あ、ああ……里穂さん……だめです……そんなにされたら、出そうです」

そう言うと、だめよ、と里穂が両手を引いた。ホッとした反面、ペニスが、もっとして、と言うかのように、ぴくぴくと動いた。

「入院患者とエッチしたことあるかしら」

「ありません……私は真面目なナースですから」

「あら、そう。ああ、ああ、いいわよ……ああ、入院患者との宿直エッチ……ああ、身体がとろけるわ」

いきそう、と杏樹が舌たらずに叫び、さらに上下動を激しくさせた。

「あ、ああっ、出そうだっ」

「だめっ、まだ出しちゃだめっ。我慢してっ、隆史さんっ」

森谷には我慢してと言いつつ、杏樹はひとり、

「い、いく……いくいくっ」

と叫び、熟れた裸体をがくがくと震わせた。

「う、うう……」

森谷は顔面を真っ赤にさせて、ぎりぎり射精を我慢していた。

「もう、だめ……」

と言うなり、里穂が雅人のベッドに上がってきた。白衣を大胆にたくしあげると、いきなり下腹の陰りがあらわれた。驚くべきことに、里穂は白のストッキングを白のガーターベルトで吊《つ》っていたのだ。しかも、ノーパンだった。

雅人はあまりに淫らな眺めに、思わず視線を釘づけにさせた。

「パ、パンティ、穿いていないんですか、里穂さん」

「こうしてすぐに繋がれるように穿いてないのよ」

「えっ、そうなんですかっ。さっき真面目なナースだって言っていたじゃないですかっ」

「真面目なナースはたった今、やめるわ」

と言うなり、里穂は雅人の腰を跨いできた。こんなときも天を衝いたままのペニスをつかみ、腰を下ろしてくる。

「だめですっ。渚さんと約束しましたっ」

「知っているわ」

と言いつつ、下腹の陰りを鎌首に押しつけた。

あと一秒で雅人の童貞は終わる。

「だめですっ」

雅人は上体を起こし、ペニスを持つ里穂の手をつかむと押しやった。

ぎりぎりで、鎌首が淡い陰りから離れる。里穂の恥毛は薄く、杏樹と違って割れ目はほぼあらわだった。それが開いて、まさに鎌首を咥える寸前だった。

「欲しいの……この童貞おち×ぽ、欲しいの」

そう言うと、里穂が雅人に美貌をよせてキスしてきた。ぬらりと舌を入れっつ、雅人を押し倒す。そして、あらためてペニスをつかみ、ぐいっとしごく。

アクメの余韻に浸りつつ、雅人と里穂を見ていた杏樹が、ふたたび腰をうねらせはじめる。

「ああっ、締めつけがすごいぞ、杏樹」

「ああ、だって、見せつけられて、興奮するの。私も達川さんの童貞おち×ぽ、食べたいわ」

「すごい人気だな、達川さん」

杏樹の締めつけにうなりつつ、森谷が声をかけてくる。

里穂は舌をからませつつ、あらためて割れ目を鎌首に当ててきた。

2

その瞬間、一気に劣情が噴きあがった。

「出るっ」

と叫び、雅人は激しく腰を震わせた。

「あっ、うそ……」

どくどく、どくどくと凄《すさ》まじい勢いでザーメンが噴き出し、里穂の恥部を汚していく。

それを見た森谷も、出るっ、と叫び、こちらは杏樹の中に出していく。

「あっ、い、いく……」

子宮にザーメンを浴びたのか、杏樹が汗ばんだ裸体をぐぐっとのけ反らせて、いき顔をさらす。

一方、中途半端なままの里穂は割れ目にザーメンを受けつづけている。

脈動はなかなか鎮まらない。それを里穂は逃げもせず、おま×この入口で受けつづけた。

ようやく射精が鎮まると、大変なことをやってしまったと雅人は気づく。

「あっ、ごめんなさいっ、里穂さんっ」

里穂がザーメンまみれの恥部を、雅人の鎌首に押しつけてくる。

ぐりぐりとこすりつけつつ、キスをしてくる。

雅人は里穂の舌を受け入れる。おま×こはぎりぎり拒んだが、キスの誘惑は拒めない。里穂はどろりとなんとも甘い唾液を注ぎつつ、白衣に包まれた身体全体を、雅人にこすりつけてくる。

「うんっ、うっんっ、うんっ」

熱い吐息とともに、ねちゃねちゃと舌をからませてくる。すると、たった今、出したばかりのペニスが恥部の下でぴくっと反応を示す。

「あっ、抜けたわ」

杏樹がそう言う。里穂と舌をからめつつ、杏樹の恥部を見ると、森谷のペニスが抜け出ていた。すでにかなり萎えている。

一方、おま×こに出さなかった雅人のペニスは、はやくも力を取りもどしはじめている。

ねっとりと唾液の糸を引くように唇を離すと、

「素敵です」

美しい黒目でじっと雅人を見つめ、里穂がそう言う。

「えっ……」

「だって、渚さんのために、わざと出したんでしょう」

「そうだね……」

もちろんそうだったが、入れる寸前で興奮しすぎて、はやく出してしまっただけの気もする。いや、違う。渚のことを思って、外に出したのだ。

「でも、もう、こんなに……」

と言って、里穂が上体を起こす。股間を見ると、八分近くまで勃起が戻っていた。それを見て、

「あら、すごいのね」

すっかり萎えてしまった森谷のペニスを前にして、杏樹がうらやましそうな声をあげる。

雅人のペニスはザーメンまみれだった。

「あ、あの、すみません……タオルを貸してください」

「入院患者さんが、自分で拭くことなんてしなくていいのよ。私がきれいにしてあげるから」

と言うと、ザーメンまみれのペニスに美貌をよせてくる。

あっ、と思ったときには、里穂がねっとりと舌を鎌首にからませていた。ピ

ンクの舌が白く汚れる。それを口に入れて出すと、ピンクに戻る。が、すぐにまた、雅人のザーメンで汚れていく。

しかも、里穂はずっと雅人を見つめつつ、ザーメンを舐めていた。

八分勃ちだったペニスが、気がついたときには見事な反り返りに戻っていた。

「ああ、すごいっ」

杏樹が感嘆の声をあげ、森谷のベッドから降りる。それだけで、熟れた乳房がゆったりと揺れる。

杏樹が雅人のベッドに上がってきた。すると、舐めつつ、里穂が左手へと移動していく。空いた右手に膝をつくなり、杏樹も色っぽい顔をよせてきた。

「あ、杏樹さんっ……あ、ああっ、そんなっ」

杏樹の舌も先端を這いはじめる。里穂の舌は裏スジにまわっていた。見事な連携だ。

まさか、ときどきこうやって、入院患者のペニスをふたりがかりで舐めたりしていないよな……。

「ああ、童貞のザーメン、なんか、すごくおま×こにくるわね」

と、杏樹が言うと、そうですね、と里穂が答える。

里穂の舌が鎌首に上がる。杏樹はそのままだ。

あっ、うそっ、舌が触れるよっ、と思ったとき、杏樹と里穂の舌が雅人の鎌首で触れ合った。どちらも引くことなく、からめることもなく、ひたすら雅人の鎌首を舐めている。

「あ、あああっ……ああっ、そんなっ、ああっ」

ダブルで舐められる快感に加えて、ダブルの視覚的な刺激を受けて、雅人は大量の我慢汁を出しはじめる。

「ああ、たくさん出てきたわ。我慢しているのね。渚さんのために、入れたいのを我慢しているのね」

杏樹がそう言いつつ、鈴口をぺろぺろと舐めている。

「素敵よ、達川さん。ますます、好きになったわ」

と、里穂が言う。

「えっ、里穂さんっ、僕のことっ……」

ぎりぎりでエッチを拒んで怒っているのかと思ったが、違っていた。渚への強い思いを好意的に捉えてくれたようだ。

「すごくびんびんね。私がいただこうかしら」

そう言いながら、鎌首を舐めつづける。

「だめです、この童貞おち×ぽは、渚さんのものなんですよ」

と言いつつ、ふたたび里穂が裏スジを舐める。

「すごいな、達川さん。うらやましいぞ」

隣の森谷のペニスもいつの間にか、勃起を取りもどしつつあった。

「あ、ああ、ああっ……ああっ」

杏樹と里穂の美人ナースのふたりのフェラに、雅人はまた暴発しそうになっていた。いつもなら必死に耐えるのだが、また出してしまえばいいと気づいた。

たっぷりとふたりの美貌にザーメンを浴びせれば、もう雅人の童貞ち×ぽをいただこうとは思わないだろう。

渚っ、おまえのために、杏樹と里穂に顔射するぞっ。

「あ、ああっ、で、出る、出るっ」

と叫んでも、杏樹も里穂も鎌首から美貌を引こうとしなかった。

「あっ、出るっ」

鈴口からはやくも二発目が噴き出した。鎌首を舐めていた杏樹の色っぽい美貌を直撃する。

「ああ……ああ……」

杏樹は避けることなく、ザーメンの飛沫を顔で受ける。

雅人はペニスをつかみ、矛先を変える。里穂の美貌を直撃する。こちらも避けずに美貌で受けている。

「す、すごいっ。ふたりまとめて顔射かいっ」

森谷が驚きの声をあげる。

杏樹と里穂にぶっかけている雅人自身、驚いていた。杏樹の美貌も里穂の美貌も、雅人のザーメンでどろどろになっている。

目蓋や小鼻、あごからどろりどろりと滴り落ちていく。

ようやく、脈動が鎮まる。

ふたりは怒ることなく、杏樹が里穂の目蓋をぺろりと舐めてザーメンを取る。

すると里穂が目蓋を開き、杏樹の目蓋にかかったザーメンを取る。

「す、すみません……」

「そんなに、私たちに入れたくないのかしら」

と、杏樹が言う。

「そ、そんなことはないんです……でも、約束したから……渚さんで男になるって約束したから……」

「それで、今度は顔に出したのね。ひどいわ、達川さん」

里穂が美しい黒目でにらむが、絖光っている。

「すみません……どうしても渚さんで男になりたくて」

「応援するわ」

と、杏樹が言う。

「えっ……応援って……」

「だから、渚さんで童貞卒業できるようにしてあげる」

ねえ、里穂、と杏樹が里穂を見ると、里穂もうなずいた。

3

翌日の朝の回診。

玲子が自由になっている手をつかみ、

「痛みはどうかしら」

と聞いてくる。脇には、まりんが立っていた。

「はい。おかげさまで、大丈夫です」

「そう」

玲子がつまらなさそうな顔になる。そして、これはどうかしら、と手を逆方向にひねった。

「い、痛いっ」

雅人が叫ぶと、玲子はやっと満足そうな顔を浮かべる。

「良好のようね」

と言う。

こんなに痛いのに良好なのか。

「足を診ましょう」

と言って、玲子がギプスをつけている足をつかむ。

なにをされるのか、と雅人は身構える。

玲子はクールな表情に戻り、雅人を見つめつつ、ぐぐっと足をひねる。

「う、うう……」

「どうかしら」

「ああ、痛いというほどでは……うう、ありません」

「そうなの。残念だけど、明日にはギプスが取れるかもね」

「退院できますかっ」

「あさってにはできそうね」

「ありがとうございますっ」

あさってには、渚とエッチできるっ。

「でも、退院してしばらくは、激しい運動は厳禁よ。特に、エッチは」

と、玲子が言うと、えっ、とまりんが目をまるくさせる。

「そ、そうなんですかっ。しばらくって、どれくらいですかっ」

思わず、大声で聞いてしまう。

「そうねえ、二週間くらいかしら」

「二週間っ」

退院しても二週間、お預けということか。そのほうが地獄のような気がする。

「じゃあ」

と言って、玲子が四人部屋を出ていく。まりんがなにか言いたそうな顔で、雅人を見ている。

なんだい、まりんっ。二週間って、玲子特有のジョークなのか。そうだよな。なにか言ってくれ、まりんっ。

「まりんっ、なにしているのっ」

ドアの前で玲子が声をかける。すると、すみませんっ、と大声をあげて、まりんが去っていった。

「退院して二週間もエッチできないって、冗談ですよね」

雅人は隣の森谷に聞く。森谷のほうは、雅人の診察の前に、足のギプスが取れていた。

森谷は自由になった足をベッドの上で動かしつつ、なにも答えない。

「森谷さん、少し歩いてみましょうか」

と言いつつ、杏樹が入ってきた。

「杏樹さんっ、退院しても二週間、エッチなしって、ジョークですよねっ」

雅人が必死の形相で聞くも、森谷さん、と言いつつ、杏樹が森谷の手を取る。

すると、森谷が足を動かし、ベッドを降りる。そのとき、よろめいたふりをして、白衣姿の杏樹に抱きついた。

すでにエッチしている関係だが、昼間の病室でやられると、たまらなくそそった。

抱きついたまま、白衣の上から胸もとをつかむ。

「ああ、だめですよ、森谷さん。さあ、ひとりで歩いて」

と、杏樹が離れる。森谷が杏樹を追うように歩きはじめる。

「ああ、歩けるぞっ。ほら、どうだいっ、達川さんっ」

と、森谷が威張る。

「よかったですね……あの、それで、二週間エッチ厳禁って冗談ですよね」

と聞くも、森谷は答えず、杏樹とともに出ていった。

冷静になって考えれば、玲子特有のジョークだとわかる。が、一秒でもはやく渚とやりたい一心の雅人は、それからずっと悶々《もんもん》と過ごした。

しかも、その日、渚は見舞に来なかった。明日、足のギプスも取れるんだ、とメールしたが、よかったですね、というあっさりとした返事だけだった。

退院しても二週間エッチできないジョークといい、渚が見舞に来ないことといい、雅人は一気に運気が落ちたのだと思った。

きっと杏樹と里穂の顔にザーメンをかけたから罰が当たったのだと落ちこんだ。

4

消灯後――雅人はなかなか寝つけなかった。今夜の宿直は里穂のはずだが、まだ顔を見せていない。

森谷がベッドを降りる気配がした。自由になった足を使って、トイレに行くようだ。森谷がいなくなると、急に寂しくなる。いつもなら、ひとりきりだ、杏樹か里穂が来ないかな、と胸を躍らせるのだが、そんな気分にはなれない。ドアが開いた。もう森谷、戻ってきたのか、と思って見ると、女性が入ってきた。

渚だった。薄暗い中でも、はっきりとわかった。でも、どうして渚が。これはもしかして、幻影かもしれない。

女性が近寄ってくる。

渚だっ。やっぱりそうだ。

「な、渚さんっ」

声が裏返っていた。

「こんばんは、雅人さん」

渚の美貌が迫ってくる。あっ、と思ったときには、ちゅっと啄むようなキスをされていた。

これって、恋人同士の挨拶《あいさつ》がわりのキスじゃないのかっ。

俺と渚はそんな関係と言ってもいいのかっ。

ねっとりと舌をからませるキスより、挨拶がわりのキスに、雅人は昂ってい
た。女性とつき合ったことがない男ならではの興奮具合だ。

渚がトートバックから懐中電灯を出して、自分の顔に当てた。薄暗いなか、
渚の清楚系美貌だけが浮かびあがる。

「ああ、渚さんっ」

うふふ、と渚が笑う。

「なんか、すごく悪いことしている気分で、ドキドキします」

「どうして、ここに……よく入れたね」

「昼間、里穂さんからメールをもらったんです」

「里穂さんから……里穂さんとメアド交換していたの？」

「はい。おととい、里穂さんにメアド教えてって言われて。雅人さんになにか
あったら、すぐに連絡したいからって言われて。骨折だけだから、急変するこ
となんてないと思ったんですけど、でも、メアド交換しました」

「そうなんだ」

「今夜、午後十一時から十一時半までの間だけ、裏の関係者用のドアの鍵を開けておくから、というメールが来たんです」

「そうなの……」

「どうして、そんなことをやってくれるのかわからないんですけど、でも、来ちゃいました」

それは、エッチさせるためだ。雅人が渚で童貞を卒業するためだ。

里穂が応援してくれている。そうか。さっき、森谷が出ていったのは、渚が来るって知っていたからだ。ふたりきりにさせるためなのだ。ということは、杏樹も知っているのか。

なんてやさしいナースたちなんだろう。

雅人は胸が熱くなってきた。涙があふれてくる。

「えっ、どうしたの、雅人さん。えっ、泣いているの？」

渚が雅人の顔に懐中電灯の光を当ててくる。

ぼろぼろ、ぼろぼろと涙が出てくる。

「雅人さん……」

「うれしいよ。渚さんが来てくれて、うれしいよ」

「えっ、それで泣いているの？」

「そうだよ」

「ああ、雅人さんっ」

渚が上半身だけ抱きついてきた。美貌が迫り、バストを押しつけられる。

雅人は両手を渚の背中にまわしていた。ぐっと抱きしめる。

はじめてだっ。はじめて女性を抱きしめていた。

渚は私服で来ていた。ニットのセーターにスカート姿だ。もちろん、ニットの胸もとは露骨な隆起を見せていて、それを今、ぐりぐりと入院着ごしに押しつけてきている。

「ああ、感じる。背中に雅人さんを感じるのっ」

「両手、動くようになったからね」

「ああ、うれしいです」

「足のギプスも明日取れるんだ。あさって退院だよ」

「そうなんですねっ」

また、渚のほうからちゅっと唇を押しつけてきた。雅人は強く抱きしめながら、舌で唇を突く。するとすぐに、渚が唇を開き、ねっとりとしたキスとなる。

「あさって、お祝いしなくちゃ」

唾液の糸を引くように唇を離したあと、渚がそう言った。

「今夜、今、お祝いをしたいな」

「今夜……」

雅人を見つめる渚の黒目が光る。

「そのために、里穂さんたちが協力してくれているんだ」

「そうですね……」

渚の美貌が強張る。お祝いの意味がわかるのだろう。

「おねがいがあるんだ」

「なんですか……」

「電気、点けてくれないか」

「明るくするんですね」

「見たいんだ」

「見たい……」

「渚さんのすべを、隅から隅まで見たいんだ」

「隅から……隅までですか……」

「いやかな」

「ううん。お祝いですから」

そう言うと、渚がベッドを離れ、ドアの横まで向かっていく。そして、電気のスイッチを押した。明かりが点き、瞬く間に昼間のようになる。

が、やっぱり夜の明かりは昼間とは違い、なにか胸騒ぎを起こさせるものがある。

雅人はあらためて、ニットとスカート姿の渚を見る。

「私服、はじめて見たよ」

「そうですね……ああ、なんか恥ずかしい……」

ニットはかなりぴたっと貼りつくタイプで、豊満なバストラインが露骨に浮き出ている。

「雅人さん、こういうのが好きなのかなと思って……」

そう言うと、恥じらうように胸もとを抱く。すると下から押しあげるようになり、さらにバストの量感が増して見えた。

「好きだよっ。大好きだよ」

「あんっ、そんなに見ないでください……」

渚は頬を真っ赤にさせつつ、こちらに戻ってくる。

「見せてくれるかな」

そう問うと、はい、と渚はうなずいた。

5

ニットの裾に手をかけると、たくしあげていく。平らなお腹があらわれる。縦長のへそがセクシーなアクセントになっている。

さらにたくしあげると、ブラカップがあらわれる。白だ。清楚系処女の渚にはぴったりの色だ。

ニットをまるめて、首、そして顔から抜いていく。そのとき両手を上げる形となり、腋《わき》の下があらわになった。

小島渚の腋の下っ。そんなものを目にする機会がやってくるとは。M製菓の社員の誰も見たことがない、腋のくぼみだ。

すでに乳首まで見ていたが、なぜか腋の下を目にするとドキドキする。渚の腋の下は想像どおり、すっきりと手入れされた魅惑のくぼみだった。

わずかに汗ばんでいるのが見えた。それを見た瞬間、匂いを嗅ぎたいっ、と思った。

渚がニットを脱いだ。ブラとスカートだけになり、はあっ、と羞恥の息を吐く。

「おねがいがあるんだ」

「はい……」

「腋、近づけてくれるかな」

「えっ……」

「もっとそばで見たいんだ」

「うそ……匂い、嗅ぎたいんでしょう」

と、渚が言う。

「えっ、いや……」

渚がまた、上体をベッドによせてきた。羞恥の色に染まったままの美貌とともに、二の腕が迫る。

渚は雅人の顔の上で、右手を上げていった。

「ああ、渚さんっ」

すっきりとした腋の下が迫ってくる。汗ばんだままだ。

雅人は牡《おす》の本能のまま、そこに顔を押しつけていった。

予想していたのか、覚悟していたのか、渚はそのままに任せている。いきなり腋の下の匂いを嗅がせてくれるなんて、なんていい子なのだろう。

雅人はくんくんと鼻を鳴らして、嗅いでいく。

「はあっ、ああ、恥ずかしいです……シャワー、浴びてから……ああ、来ればよかったです……」

それじゃだめなんだよ。このままがいいんだよ、渚。

渚の腋の下の匂いは極上だった。けだるい甘さというのだろうか。それでいて清廉さも感じさせる。渚ならではの、期待を裏切らない匂いだ。

「左も、おねがい」

と言うと、渚は左手も上げて、雅人の顔面によせてくる。今度は舌を出し、いきなり舐めていった。これには意表をつかれたのか、

「ひゃあっ」

と、渚が大声をあげた。雅人は構わず、ぺろぺろと腋の下を舐めていく。

「ああ、舐めるなんて……雅人さん、へんたいなんですか……」

雅人は答えず、ひたすら舐めていく。おいしかった。渚の腋の下はいい匂いがして、美味だった。

「ああ、くすぐったいですうっ」

渚が鼻にかかった声をあげる。それでも構わず舐めつづけていると、

「はあっ、ああ……」

と、甘い喘ぎを洩らすようになってきた。

そうだ。ただ舐めるだけじゃなくて、触らないと。両手は動くんだ。

雅人は左の腋の下を舐めつづけつつ、ブラに包まれたバストをつかんだ。す

ると、

「あっ、あんっ」

と、渚が敏感な反応を見せた。

それに煽《あお》られる形で、ブラごしに強く揉んでいく。

「はあっ、ああ……じれったいです……」

渚が甘い吐息まじりにそう言う。

じかに揉むために、ブラをはずそうと、渚の背中に手をまわす。ホックをつかむが、うまくはずれない。思えば、生まれてはじめてブラをはずす。これまでは、女性たちがブラを自分ではずして、雅人の顔面に押しつけていたのだ。

渚はじっと待っている。なかなかはずれない。童貞だと告白しておいてよかった。はずれなかったが、あせりはなかった。だって、童貞だから……。

はずれた。すると、豊満なふくらみに押されるようにブラカップがまくれた。

雅人はすかさず乳房をつかみ、揉んでいく。

「あ、ああっ……熱い、身体がすごく熱いです」

確かに、乳房が汗ばんでいた。

「欲しい。すぐに、雅人さんが欲しいです」

「僕も欲しいよ。すぐに入れたいよっ。いいんだねっ」

「はい……」

渚はこくんとうなずき、ベッドを降りた。ちらちらと雅人を見ながら、スカートを脱いでいく。すると、純白のパンティが貼りつく恥部があらわれる。

「白、似合うよ、渚さん」

清楚系の白だ。

「ああ、恥ずかしいです……」

頰を羞恥の色に染めつつも、渚は最後の一枚も脱いでいく。ずっとしたいと思っていた雅人と同じ気持ちのようだ。

下腹の陰りがあらわれた。清楚系らしく、淡い陰りが恥部を飾っている。そのぶん、割れ目はほぼ剝き出しだった。清楚なのに、あらわな割れ目はいやらしい。

あそこに入れるんだ、と入口を確認すると、雅人は生唾を飲みこんだ。一気に緊張が走る。

生まれたままの姿になった渚が、ふたたびベッドに上がってきた。入院着の前をはだけ、ズボンを下げていく。紫のシルクのブリーフはもっこりしていた、と言いたかったが、違っていた。

あら、と渚が怪訝な顔をした。それはそうだろう。渚はもっこりブリーフしか見たことがないのだから。

渚がブリーフに手をかけた。

「待ってっ」

と、雅人は叫ぶ。縮んだままのペニスは見せたくない。

「あの、渚さんの……お、おま×こ、処女のおま×こ、見せてくれないかな」

「えっ……」

「だって、入れたら処女じゃなくなるから、目に焼きつけておきたいんだ」

本心だったが、緊張を解きほぐすためでもあった。それに、渚のおま×こをじかに見たら勃起するだろうとも思った。

「ああ……は、はい……」

渚はちらりとブリーフを見て、うなずく。雅人の本心を理解したのか、ベッドの上で立ちあがると、雅人の顔面をすらりと伸びたナマ足で跨いできた。

雅人の真上に、渚の割れ目があった。それが迫ってくる。

「あ、ああ……ああ、渚さんっ」

と叫んだときには、渚の恥部で顔面が包まれていた。

ふだん、かすかに薫る渚の匂いを濃く煮つめたような匂いが襲ってきた。

それを嗅いだ瞬間、まさに一瞬で雅人は勃起していた。ちゃんとエッチできるかどうか、とかそのような緊張を一発で吹っ飛ばすような匂いだった。

「う、うう……うう……」

雅人がうなっていると、渚が恥部を少しだけ上げた。

雅人は深呼吸をして、剝き出しの割れ目に指を添える。これだけ膝を曲げていても、処女の扉は閉じたままだ。

「だめ……開いちゃ、だめです」

と、渚が言うなか、雅人は開いていった。開かずにはいられなかったのだ。

雅人の目の前に、処女の花びらがひろがった。

「おうっ」

雅人は思わず叫んでいた。それはまさに処女だった。穢《けが》れを知らないピュアなピンクをしていた。処女だと聞いていなくても、これを見た瞬間、処女だと理解できる無垢《むく》な花びらだった。

「きれいだ。すごくきれいだよ」

「あ、ああ……恥ずかしいです……でも、うれしいです……雅人さんに見られて……取っておいて、守っておいて、よかったです」

「ああ、渚さん……」

俺に処女の花びらを見られてうれしいだなんて……俺なんかのために、取っておいてよかっただなんて……。

雅人の視界が曇る。泣いていた。渚の無垢な花びらを見て、泣いていた。泣いていたが、勃起したままだった。無垢だったが、清廉だったが、このうえなく、いやらしかった。

童貞とはいえ、とうぜん、ネットで女性のあそこの写真は飽きるほど見ていた。が、どのおま×こよりも、渚のおま×こはいやらしかった。牝を感じた。可憐《かれん》な花びらなのに、股間にびんびんきていた。

たぶん、これをこれから汚すのだと思うから興奮するのではないかと思った。

俺のザーメンで白く染められるために今、渚の花びらはピンク色で息づいているのだ。

花びらがじわりと湿ってきた。それとともに、甘い匂いがより濃くなってくる。

「濡れてきたよ」

「ああ、感じるから……ああ、お、おま×こに……雅人さんの視線を感じるから……」

だから、濡らしているのか。俺の視線で濡らしているのか。

「渚さんっ」

と叫び、今度は自分から、渚の花びらに顔面を押しつけていった。偶然、クリトリスを押しつぶすかっこうとなり、あんっ、と渚が敏感な反応を見せた。

処女とはいえ、大人の女だ。敏感な反応に煽られ、雅人はぐりぐりと花びらに鼻を押しつけつつ、顔面でクリトリスも刺激する。

「あ、あんっ、やん、やんっ」

渚の腰ががくがくと震える。愛液がさらににじみ出てくる。

あっ、と渚が崩れてきた。

6

「もう、だめ……すぐに欲しいっ」

と言うなり、渚が雅人の股間に手を伸ばす。さっきと違い、ブリーフはもっこりしていた。それを見て、

「いつもの雅人さんに戻った」

とつぶやく。

「いつも、もっこりさせているみたいじゃないか」

「えっ、だって、いつももっこりでしょう。会社でも私を見て、もっこりさせていたんでしょう」

「そ、そうだね……」

思えば、椅子から崩れ落ち、渚を抱き止めたときも、パンティが見えそうと

もっこりさせていたかもしれない。いや、きっともっこりさせていた。

「もっこりさせていないと、渚、心配しちゃいます」

「えっ」

「だって、どこか身体の具合が悪いんじゃないかとか、渚に興味がなくなってしまったんじゃないかなとか、いろいろ考えちゃいますから」

と言いつつ、ブリーフを脱がせてくれる。すると、弾けるようにびんびんのペニスがあらわれる。

すぐさま、渚はそれをぎゅっとつかんできた。

「ああ、感じます。雅人さんを手のひらに感じます……ああ、今度は雅人さんを、渚の……な、中で感じたいです」

はにかむようにそう言うと、渚が雅人の下半身にまわり、腰を跨いできた。

「ああ、病院で生まれたままの姿になっているなんて、うそみたいです」

「そうだね」

ここから、渚の乳房も下腹の陰りも、割れ目も見える。絶景だ。

渚がペニスをつかみ、腰を下ろしてくる。剝き出しの入口が、鎌首に迫ってくる。

ついに、俺は男になる。屈折三十年。童貞としていろいろ苦難な日々がつづいてきたが、ついに報われるときがきた。

相手はM製菓一のマドンナ。雅人にはもったいないくらいの清楚系美女だ。清楚系なのに、今、自分からペニスを握り、自分から繋がろうとしている。

渚が好きものだからではない。雅人の足のギプスが取れていないからだ。明日には取れるから取れるまで待てば、という気もするが、この瞬間を逃したら、また遠ざかるかもしれないのだ。

今だ。今、男になるのだ。

鎌首が割れ目に触れた。

「はあっ……渚の処女膜……ああ、雅人さんに捧げます」

火を吐くように、そう言うなり、渚がぐっと割れ目を押しつける。が、鎌首を捉えることができず、割れ目から出てしまう。

「あんっ……」

もどかしそうに鼻を鳴らし、ふたたび割れ目を押しつける。

すると今度は、割れ目に鎌首がめりこんだ。しっとりとした粘膜に鎌首が包まれる。

渚がそのまま腰を下げようとする。すると、先端に処女膜を感じた。

雅人は横になっているだけなので、よけいペニスの先端に集中できた。

薄い、か弱い膜を鎌首が突き破ろうとするのがわかった。

「う、うう……」

渚がとても苦しそうな表情を見せる。

破ろうとする寸前で、止まっていた。これが、雅人が突き破るほうなら、このまま押し進めていただろう。が、突き破られるほうが動いているため、ぎりぎりで止めていた。

このままではまだ男になっていない。処女膜を前にして、突き破れない。

これこそ、究極の寸止めではないだろうか。射精できそうでできない寸止めなど、この状況に比べたら屁《へ》みたいなものだ。

「痛いかい」

「ううん……ううん……痛くありません」

そう言うと、渚はふたたび腰を落とそうとする。鎌首に処女膜を感じる。

さあ、破るぞっ。突き破るぞっ。

が、またぎりぎりで止める。またも寸止めだ。

このとき、こちらから突きあげればいいという単純なことに気がついた。

男なら受け身ではなく、自分で突き破れっ。自分で渚をものにしろっ。

雅人は自ら腰を突きあげていった。すると、いきなり薄い粘膜を突き破る感覚をはっきりと先端で感じた。

「えっ、い、痛いっ。ああ、痛いっ」

痛がる渚を見て、ちょっと腰が引けたが、このまま男になるんだっ、とぐっとペニスを突きあげていった。

完全に処女膜が破れ、そして、おま×こに鎌首がめりこんでいった。

「う、ううっ」

渚が苦痛の表情を浮かべる。が、逃げない。むしろ、恥部をすりつけてくる。

鎌首が渚のおんなの粘膜に包まれる。渚の穴はとても狭く、窮屈だった。そこをえぐるようにして、突き進んでいく。

「痛い、痛いっ……うう、痛いっ」

「渚さん……」

「そのまま、入れて……痛いけど、うれしいの……痛いのがうれしいの……あ、この痛みは、雅人さんからの痛みなの……う、うう……うれしい」

雅人のペニスが半分ほど渚の中に入った。奥はさらに狭く、これ以上は無理だった。

「ああ、もっと奥まで感じたいの」

渚のほうからぐぐっと腰を下げてくる。窮屈な奥へと鎌首が進む。

「あうっ、ううっ」

「痛い？」

「ううん、ううん、痛くないの……ああ、はあっ、ああっ、なんか、すごいのっ、おま×この奥に雅人さんを感じたとたん……ああ、おま×こが、子宮が燃えはじめたのっ」

さらに渚が腰を落とし、完全にペニスを咥えこんだ。淡い恥毛と剛毛がからまり合う。

「はあっ、ああ……ああ……熱い、すごく熱い」

実際、奥まで鎌首が到達してから、渚の白い肌が汗ばみはじめた。鎖骨や乳房の谷間に、瞬く間に汗の粒が浮きあがってくる。

「渚さん、キスしよう」

両手を伸ばすと、女上位で繋がったまま、渚が雅人のほうに倒れてきた。さらさらの黒髪がこちらに流れ落ちると同時に、渚の唇が重なった。

舌と舌をからませ合うと、おま×こが強烈に締まった。

「う、うう……」

思わず暴発しそうになり、雅人はあわてて舌を引いた。おま×こしつつのベロチューは、初心者には刺激が強すぎることを身をもって知る。

「もっとキスして、雅人さん」

「ああ、出そうなんだよ」

「いいわ、出しても」

「えっ」

「このまま、渚のおま×こに出して……渚の処女のおま×こを、雅人さんのザーメンで染めて」

「渚さんっ」

もうその言葉だけで、射精しそうになっていた。まさにぎりぎり射精を耐えていた。キスしたら、即発射だろう。

「出しちゃうよ」

「いいの。キスしながら出して」

と言うと、渚が唇をよせてきた。そうなると、もう拒めない。ぬらりと舌が入ってくる。

渚がいつも以上にねっとりと舌をからめ、そして、おま×こでペニスを締めあげてきた。

「う、ううっ、ううっ」

出るっ、と叫び、雅人は射精させた。

どくどく、どくどく、どくどくと、三十年たまりにたまったザーメンを、清楚系のおま×こにぶちまけていった。

この作品は、ジーウォーク「紅文庫」のために書下ろされました。

紅文庫

白衣《はくい》の天使《てんし》 深夜《しんや》のナースコール

八神淳一《やがみじゅんいち》

2021年 3月 15日　第 1 刷発行

企画／松村由貴（大航海）
DTP／遠藤智子

編集人／田村耕士
発行人／日下部一成
発売元／株式会社ジーウォーク
〒 153-0051 東京都目黒区上目黒 1-16-8 Yファームビル 6 F
電話 03-6452-3118
FAX 03-6452-3110

印刷製本／中央精版印刷株式会社

ISBN978-4-86717-147-9

秘孔マンション
もっと奥まで
阿久根道人
Douto Akune
おねだりは
爛熟の窄《すぼ》まりで！
セレブ妻たちの絶品括約筋がまったり、きつく絡みつく
新卒でマンション管理に就いた慎太郎は、ある日最上階に住む多佳子が、風俗でバイトをしていることを知る。日夜、ネタにしていた憧れの熟女の秘密に迷いはなかった。店で未体験の痺れを覚えたのが運のつき。翌日から「呼び出し」が始まり、なんと裏孔を初体験。住人のセレブ人妻たちと、肛悦の日々がやってきた！
定価／本体720円＋税
紅文庫
最新刊